共和国故事

为民所想

——农业部正式启动菜篮子工程

陈栎宇 编写

吉林出版集团股份有限公司

图书在版编目（CIP）数据

为民所想：农业部正式启动菜篮子工程/陈栎宇编. —

长春：吉林出版集团股份有限公司，2009. 12

（共和国故事）

ISBN 978-7-5463-1897-4

Ⅰ．①为… Ⅱ．①陈… Ⅲ．①纪实文学－中国－当代 Ⅳ．①I25

中国版本图书馆 CIP 数据核字（2009）第 237677 号

为民所想——农业部正式启动菜篮子工程

WEI MIN SUO XIANG　　　NONGYE BU ZHENGSHI QIDONG CAILANZI GONGCHENG

编写　陈栎宇

责任编辑　祖航　黄群

出版发行　吉林出版集团股份有限公司

印刷　三河市嵩川印刷有限公司

版次　2010 年 1 月第 1 版　　　2022 年 1 月第 8 次印刷

开本　710mm×1000mm　1/16　　　印张　8　字数　69 千

书号　ISBN 978-7-5463-1897-4　　　定价　29. 80 元

社址　吉林省长春市福祉大路 5788 号

电话　0431－81629968

电子邮箱　tuzi8818@126. com

版权所有　翻印必究

如有印装质量问题，请寄本社退换

前　言

自 1949 年 10 月 1 日中华人民共和国成立至今，新中国已走过了 60 年的风雨历程。历史是一面镜子，我们可以从多视角、多侧面对其进行解读。然而有一点是可以肯定的，那就是，半个多世纪以来，在中国共产党的领导下，中国的政治、经济、军事、外交、文化、教育、科技、社会、民生等领域，都发生了深刻的变化，中国人民站起来了，中华民族已屹立于世界民族之林。

60 年是短暂的，但这 60 年带给中国的却是极不平凡的。60 年的神州大地经历了沧桑巨变。从开国大典到 60 年国庆盛典，从经济战线上的三大战役到经济总量居世界第三位，从对农业、手工业、资本主义工商业的三大改造到社会主义市场经济体制的基本确立，从宜将剩勇追穷寇到建立了强大的国防军，从废除一切不平等条约到独立自主的和平外交政策，从"双百"方针到体制改革后的文化事业欣欣向荣，从扫除文盲到实施科教兴国战略建设新型国家，从翻身解放到实现小康社会，凡此种种，中国人民在每个领域无不留下发展的足迹，写就不朽的诗篇。

60 年的时间在历史的长河中可谓沧海一粟。其间究竟发生了些什么，怎样发生的，过程怎样，结果如何，却非人人都清楚知道的。对此，亲身经历者或可鲜活如昨，但对后来者来说却可能只是一个概念，对某段历史的记忆影像或不存在，或是模糊的。基于此，为了让年轻人，特别是青少年永远铭记共和国这段不朽的历史，我们推出了这套《共和国故事》。

《共和国故事》虽为故事，但却与戏说无关，我们不过是想借助通俗、富于感染力的文字记录这段历史。在丛书的谋篇布局上，我们尽量选取各个时代具有代表性或深具普遍意义的若干事件加以叙述，使其能反映共和国发展的全景和脉络。为了使题目的设置不至于因大而空，我们着眼于每一重大历史事件的缘起、过程、结局、时间、地点、人物等，抓住点滴和些许小事，力求通透。

历史是复杂的，事态的发展因素也是多方面的。由于叙述者的视角、文化构成不同，对事件的认知或有不足，但这不会影响我们对整个历史事件的判断和思考，至于它能否清晰地表达出我们编辑这套书的本意，那只能交给读者去评判了。

这套丛书可谓是一部书写红色记忆的读物，它对于了解共和国的历史、中国共产党的英明领导和中国人民的伟大实践都是不可或缺的。同时，这套丛书又是一套普及性读物，既针对重点阅读人群，也适宜在全民中推广。相信它必将在我国开展的全民阅读活动中发挥大的作用，成为装备中小学图书馆、农家书屋、社区书屋、机关及企事业单位职工图书室、连队图书室等的重点选择对象。

编　者

2010 年 1 月

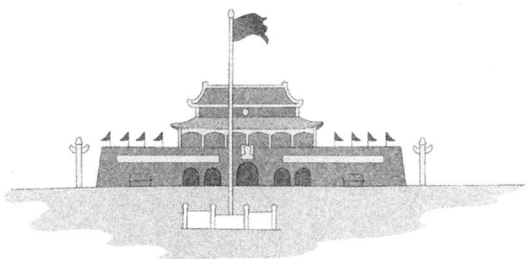

一、决策领导

- 1988 年 7 月，农业部决定组织实施"菜篮子工程"计划。

- 2001 年 4 月，一项重在提高农产品质量和保证农产品消费安全的"无公害食品行动计划"由农业部组织实施。

- 2004 年 1 月 6 日至 7 日，"全国无公害农产品认证工作座谈会"在湖北武汉召开。

农业部启动"菜篮子工程"

1988 年 5 月 9 日，农业部向国务院提出《关于发展副食品生产保障城市供应的建议》，这个建议后来被称为"菜篮子工程"。

两个月后，国务院委托国家计委批复同意农业部的建议。随后，"菜篮子工程"办公室应运而生。

1988 年 7 月，农业部决定组织实施"菜篮子工程"计划，以保障我国城乡副食品供给水平的逐步增长。

"菜篮子工程"的基本设想和措施是：

通过发展生产，调整副食品供给结构，引导消费，逐步实现食品消费多样化，增加节粮、高蛋白的供给比重；在保证大路菜供应的基础上增加细菜供给。

当时，人们由于生活水平的提高，对餐桌上的需求日益增强。于是，农业部相继发起了"菜篮子工程"。由此，大量菜园子、养殖场等副食品生产基地投入建设。

在"菜篮子工程"一期工程中，各地实施单位建立了中央和地方的肉、蛋、奶、水产和蔬菜生产基地及良种繁育、饲料加工等服务体系，以保证居民一年四季都有新鲜蔬菜吃。

到 20 世纪 90 年代中期，"菜篮子工程"重点解决了市场供应短缺问题。

"菜篮子"产品持续快速增长，从根本上扭转了我国副食品供应长期短缺的局面。除奶类和水果外，其余"菜篮子"产品的人均占有量均已达到或超过世界人均水平。

到 1993 年底，全国农副产品批发市场已达 2080 个，城乡集贸市场已达 8.3 万个，其中农副产品专业市场 8220 个，初步形成了全国大市场、大流通的新格局。

1994 年，"菜篮子工程"已处在由过去以生产基地建设为主转入生产基地与市场体系建设并举的新阶段。年底，全国有 27 个省、市、区初步建立了主要副食品的地方储备。

从 1995 年起，新一轮的"菜篮子工程"开始实施。其主要特点为：加大基地建设，向区域化、规模化、设施化和高档化发展，以及城乡携手共建"菜篮子工程"。

不仅城郊发展"菜篮子"，而且广大农区也积极发展"菜篮子"，一批全国性的农区基地正在形成和发展。这些基地提高科技含量，优化结构，增加了很多花色品种。

为了适应城镇居民对"菜篮子"产品"鲜活、优质、营养、方便、无虫害"的消费要求，各地在生产中广泛采用良种、良法以提高产品的产量和质量，探索新的流通方式，积极推进产供销、贸工农一体化经营。

1995 年，农业部公布了全国 23 家首批定点鲜活农产品中心批发市场。

同年，农业部实施了大、中城市"菜篮子"产品批发市场价格信息联网。

到9月，该信息网已与28个大、中城市和主产区的33个批发市场联网。

1996年，"菜篮子工程"批发市场体系建设试点工作开始启动。武汉、广州、沈阳、西安4个城市入选为首批试点城市。试点工作由农业部和国家体改委联合成立的领导小组组织实施，试点的总体安排时间为2至3年。

1997年底，全国农副产品批发市场发展到约4000家。全国已初步形成了以中心批发市场为核心，联结生产基地和零售市场的稳定的"菜篮子"市场体系。

1998年，在十五届三中全会上通过的《中共中央关于农业和农村工作若干重大问题的决定》指出：

"菜篮子"产品生产要推广优新品种，降低成本，提高效益，实现均衡供给。努力创造名牌农产品。

1999年9月，国内"菜篮子"供求形势已经从长期短缺转变为供求基本平衡、丰年有余。

自农业部于1988年提出并经国务院批准组织实施"菜篮子工程"以来，我国的蔬菜产业已获得蓬勃发展。

我国"菜篮子"建设所取得的成就主要表现在以下几个方面：

蔬菜种植面积和总产量持续增长，全国蔬菜总产量和每年的蔬菜生产总值，在种植业中仅次于粮食，居第二位。

蔬菜均衡供应水平明显提高。按人均蔬菜占有量计算，当时我国年人均蔬菜占有量已跃至 311.1 公斤，远超过世界人均 105 公斤的水平。在北京、天津、上海、南京、昆明等许多大中城市蔬菜日上市品种在 50 个以上；一些中小城市的日供应蔬菜品种也由过去的 10 个左右，增加到 30 余个。各种名特蔬菜、时令蔬菜、"进口洋菜"、加工制品基本满足了不同消费习惯、消费水平的需要。

蔬菜出口贸易量稳定增加。据海关统计，1990 年以来，我国蔬菜出口贸易稳步增长，原先年出口仅有 3 亿多美元，至 1996 年达 15 亿多美元。

蔬菜业成为我国农民增收的重要途径。通过实施调整农业生产布局，扩大经济作物种植比例，发展农产品加工业等措施，蔬菜种植业在许多地方成为名副其实的支柱产业。我国蔬菜种植面积在两万公顷以上的县已有 55 个。

2000 年 11 月 17 日，在全国十大城市"菜篮子"产销体制改革经验交流会上，农业部又提出 21 世纪初"菜篮子工程"的主要目标任务：

　　以优化结构、提高"菜篮子"产品质量和增加农民收入为中心，以深化改革、扩大开放和加快推进农业现代化为动力，实现"菜篮子工程"与生态环境协调发展，努力提高城乡居民的生活质量。

　　我国实施"菜篮子工程"后，丰富多样的蔬菜品种充分满足了老百姓的需求，使城乡居民饮食消费质量迅速提高，营养结构得到极大改善。

十二部委实施"三绿工程"

1999 年，由中宣部、商务部、科技部、财政部、铁道部、交通部、卫生部、工商总局、环保总局、食品药品监管局、国家认监委、国家标准委 12 个部门联合发文，开始实施"三绿工程"。

"三绿工程"是以"提倡绿色消费，培育绿色市场，开辟绿色通道"为主要内容的系统工程。

建立"绿色通道"，就是通过统一协调和组织运力，建立公路、铁路、航空及水上等多种运输工具相衔接的"菜篮子"商品运输网络，消除不必要的关卡和不合理收费，实现高效、无污染、低成本的流通。

培育"绿色市场"，就是按照统一的质量标准，加强市场配套建设。保证绿色食品产出后，经过加工、运输、批发、零售等环节，到达消费者手中仍能符合"绿色"标准，严防污染和变质。同时要严格检测检查，清除各种假冒伪劣的绿色食品，建立起高质量、无污染的流通网络体系。

提倡"绿色消费"，就是制定统一政策和引导措施，加强宣传报道，举办公益活动，树立绿色食品的消费观，增强自身权益和环境保护意识，促进绿色食品生产和消费的增长，确立科学的、有益健康和环保的食品消费模式。

这项工程充分考虑我国农产品由千家万户生产、产业化程度低、品牌化经营刚刚开始等实际情况，从总结研究欧美等发达国家监管经验和我国生产环节监管难度大的深层次原因中找出路；运用现代流通指导生产、引导消费的理论，实行了"反弹琵琶"思路；从提倡绿色消费抓起，然后培育绿色市场，开辟绿色通道，从而引导绿色生产，实行全程质量控制。实践证明，这是从我国国情出发，解决食品安全问题的一种创新的管理方法。

其突出特点：一是"反弹琵琶"，从提倡绿色消费抓起，加快绿色市场的培育和绿色通道的开通，引导绿色生产的发展，解决千家万户分散生产，难以开展卫生质量管理的问题；二是实行全程质量控制，形成了以绿色消费为目标、以绿色市场为载体、以绿色通道为物流网络的绿色食品产业链；三是社会参与程度高，政府、中介组织、企业、消费者共同参加，特别是国家有关部门联合组织实施，形成共同维护食品质量安全的社会氛围和运行机制。

"三绿工程"自 1999 年实施以来，各项工作进展顺利。各地按照全国"三绿工程"工作领导小组的整体部署，普遍把实施"三绿工程"作为为民办实事的具体行动，纳入经济建设总体布局。

广大食品加工和流通企业大力开展争创"三绿工程"试点单位活动。经过各行业主管部门、各级地方政府和广大流通、加工企业的共同努力，"三绿工程"已取得了明显的阶段性成果：

一是市场逐步配备了检测设备，卫生质量安全检测体系正在形成。据不完全统计，两年多来，上海、福建、宁夏、安徽、江苏、辽宁、吉林、大连、宁波、南京、青岛、烟台等各地方政府都投入了配备卫生质量检测设施资金，企业投入配套资金。到2002年，配备卫生质量检测设备的批发市场231家，占批发市场总量的81%，安排了专职技术人员。其中青岛、大连、南京的批发市场100%配备检测设备和专职人员；配备卫生质量检测设备的零售市场1263家，占零售市场总量的34%，安排专职技术人员达3506人。

二是市场准入制度正在形成，"放心菜""放心肉"明显增多。两年来，为保障食品卫生质量安全，全国一部分大中城市已实现了应用现代技术加强食品质量管理，完善了食品进货索证制度、商品台账和经营者商品卫生质量跟踪系统，销售时实行挂牌、标志、标签。

有的地区还组织开展了"菜篮子"产品质量体系认证。如南京市仅2001年就有14个产品通过国家和省有关部门的认证，占农产品认证数的75%。有害物超标食品市场退出机制也正在形成。南京、福州等城市已实行对检出的有害肉菜当场没收销毁并向源头追溯制度。

在争创"三绿工程"试点单位活动中，天津、上海、江苏等12个地区有1054家企业向社会做出了放心承诺，推介上市 2569 种放心食品、111 种无公害食品、1118 种绿色食品和 39 种有机食品。

三是开辟了铁路和公路绿色通道，逐步采用了保鲜、冷链对接运输等现代化的运输方式。在铁道部、交通部的支持下，全国开通了多条铁路和公路绿色通道。各省、市、区也大力开辟绿色通道，配备鲜活食品专用运输车辆和设备，实行保鲜运输和冷链对接运输，减少了运输损耗，防止了流通环节鲜活食品的二次污染，缩小了我国与国外发达国家的技术差距。老百姓从中得到了实惠，一年四季都能吃到新鲜的肉菜。

四是倡导绿色消费的氛围基本形成，消费者食品安全意识明显增强。各地十分重视"三绿工程"的宣传工作，广大消费者的食品安全意识大大增强，传统的"价格优先"消费观念正在向"价格与质量并重"转变。消费者食品安全意识的增强和消费观念的转变，反过来有力促进了食品加工、流通企业加强和改善卫生质量管理，积极推行品牌经营，努力提高企业核心竞争力。

五是各地制定相关法规，初步形成保障食品安全的法律保障体系。根据当时食品安全的新形势和应对 WTO 的需要，国家质检总局发布了 8 个无公害农产品国家标准。各地也在积极制定有关食品安全方面的法规、条例及相关地方标准。据对 15 个省、区、市的统计，共制定发布了 38 个有关食品安全的地方法规条例，110 多项地方相关食品安全标准，开发和推广了 36 项食品安全技术，进行专项检查，对非法企业和个体户进行了处罚，没收销毁不合格食品。

六是基本建立了保障食品安全的组织协调机制，初步形成多部门齐抓共管食品安全的局面。

据全国三绿工程工作办公室对 20 个省、区、市的调查，其中有 15 个建立了多部门相互协调配合的"三绿工程"工作领导机构和工作机构。辽宁、四川等省所辖地、市、区全部建立了相应的机构。大部分地区在现有部门的基础上，还增加了"菜篮子办"等部门，在整体上形成了合力。如福建形成由 21 个部门配合，青岛、大连由 18 个委、办、局共同配合，齐抓共管"三绿工程"的局面。

2002 年 7 月，国家经贸委有关负责人宣布，"三绿工程"进展顺利并取得阶段性成果。

随着"三绿工程"的实施，全国"菜篮子"卫生质量安全检测体系进一步加强。这一措施筑起了一道道食品安全防线，有效地防止了有害食品流入市场。

"无公害食品计划"启动

2001 年 4 月，一项旨在提高农产品质量和保证农产品消费安全的"无公害食品行动计划"由农业部组织实施。

这项工作以"菜篮子"产品为突破口，以市场准入为切入点，从产地和市场两个环节入手，通过对农产品实行"从农田到餐桌"全过程质量的安全控制，基本实现了主要农产品生产和消费的无公害化，让老百姓吃上了"放心菜"。

2001 年，农业部率先在北京、天津、上海、深圳 4 个城市和山东寿光进行试点，启动了"无公害食品行动计划"。

两年多来，4 个试点城市和寿光市实施从源头到餐桌的全过程监管，为在全国范围内全面启动"无公害食品行动计划"起到了示范带动作用。

到 2003 年，北京市实施肉菜放心工程取得成效，消费者关于食品类质量投诉大幅下降，比上年降低 21%。质监部门实施了小麦粉、大米、食用植物油、酱油、食醋 5 类食品质量安全市场准入制度，同时还加强了对关系百姓身体健康食品的定期监督抽查。

天津市无公害农产品基地规模不断扩大，通过市级验收挂牌的无公害蔬菜基地258个，蔬菜面积达60万亩，占全市菜田面积的42%；无公害畜禽生产基地43个；建立无公害牛奶示范基地57个，水产基地28处以及无公害饲料生产企业30家。通过无公害服务组织，龙头企业的无公害农产品产销量达到全部无公害产品的90%以上。

上海市共有1441个农产品生产单位建立了安全卫生质量跟踪制度，对所有规模养猪场实行信息化管理，对所有的蔬菜园艺场实行安全卫生质量跟踪制度，并重点向蔬菜种植大户延伸，还在外地承包菜农集中的地区建立了连户管理制度。

2002年，已有642家农产品流通企业被确定为安全示范单位。

深圳市在2003年已建成无公害蔬菜生产基地1141公顷，绿色食品生产基地3个共3333公顷，并建成猪、鸡、奶牛、对虾、鲍鱼、扇贝等一批较大的农业生产基地。

同年，山东省寿光市无公害蔬菜面积也发展到40万亩，有61种农产品获得无公害农产品标志使用权，极大地提高了农产品的市场竞争能力和出口创汇能力。

农业部从2001年4月启动"无公害食品行动计划"，在北京、天津、上海和深圳4个城市进行试点的基础上，至2002年6月，已有黑龙江、江苏、陕西、山西、四川、重庆等省、市和青岛、大连、成都、西安、长沙等计划单列市和省会城市开始实施"无公害食品行动计划"。

2002年7月，农业部正式发布实施了《全面推进

决策领导

"无公害食品行动计划"的实施意见》，开始在全国全面推行"无公害食品行动计划"。

"无公害食品行动计划"着重强调 3 个方面的推进措施：

一是强化生产过程管理。即强化生产基地建设，净化产地环境，严格农业投入品管理，推行标准化生产，提高生产经营组织化程度。

二是推行市场准入制。即建立检测制度，推广速测技术，创建专销网点，实施标志管理，推行追溯和承诺制度。

三是完善保障体系。即加强法制建设，健全标准体系，完善检验检测体系，加快认证体系建设，加强技术研究与推广，建立信息网络，加强宣传培训。

实施"无公害食品行动计划"，重点从农产品产地环境控制、生产过程管理、农业投入品监管和农产品市场准入等环节，加大各项工作力度，着力解决农产品中农药残留、添加剂、重金属等有毒有害物质超标等质量安全问题，对农产品实施从"农田到餐桌"全过程质量控制，经过农业部对全国 37 个城市的监测，蔬菜农药残留合格率按 CAC 标准在 95％以上。

此后，农业部在推出《全国农产品质量安全体系建设规划》的同时，还制订了《优势农产品标准化生产示范基地建设规划》和《全国农产品质量安全检验检测体系建设规划》，对 2004 年至 2010 年我国农产品质量安全体系建设进行了具体部署。

"无公害食品行动计划"的实施，从农产品产地环境、生产过程、投入品监管、质量追溯和市场准入等环节加强监管，有效推动了农产品从田头到餐桌的全程管理，农产品质量安全水平显著提高。

自2001年农业部启动"无公害食品行动计划"后，到2005年，经过几年努力，我国农产品质量安全体系建设成效显著，农产品质量安全水平有了大幅度提高，农产品例行监测制度在全国开展，农产品源头污染得到初步遏制，质量追溯及市场准入制度全面启动。

随着"无公害食品行动计划"的逐步深入，我国农产品质量安全体系建设开始形成无公害、绿色、有机食品"三位一体，整体推进"的模式。

2005年8月，在江苏南京召开的全国无公害农产品绿色食品工作会议，将无公害农产品、绿色食品和有机食品工作一起研究部署，并确立了要努力实现无公害农产品、绿色食品和有机食品全面推进、协调发展的工作思路，具有十分重要的意义。

无公害农产品是指产地环境、生产过程和产品质量符合国家有关标准和规范的要求，经认证合格获得认证证书，并允许使用无公害产品标准的未经加工或者初加工的食用农产品。

绿色食品是遵循可持续发展原则，按照特定生产方式生产，经专门机构认定，许可使用绿色食品商标标志的无污染的安全、优质、营养类食品。

"按照特定的生产方式"，是指在生产、加工过程中按照绿色食品的标准，禁用或限制使用化学合成的农药、肥料、添加剂等生产资料及其他有害于人体健康和生态环境的物质，并实施从土地到餐桌的全程质量控制。

有机食品是按照有机农业生产标准，在生产中不使用人工合成的肥料、农药、生长调节剂和畜禽饲料添加剂等物质，不采用基因工程获得的生物及其产物，遵循自然规律和生态学原理，采取一系列可持续发展的农业技术，协调种植业和养殖业的关系，促进生态平衡、物种的多样性和资源的可持续利用。

"无公害食品行动计划"的施行，促进了我国农产品标准化生产，保障了消费者的食品安全，同时也通过发挥优质优价的市场竞争机制，带动了农民增收。

实施农产品质量安全法

2005 年 10 月 22 日，《中华人民共和国农产品质量安全法（草案）》提请十届全国人大常委会第十八次会议审议。

为了进一步从法律上为我国农产品质量安全构筑一道坚固的大堤，农业部在总结多年实践经验的基础上，和有关部门多次进行研究、论证、协调、修改，形成了《中华人民共和国农产品质量安全法（草案）》。

根据草案规定，县级以上人民政府农业主管部门负责农产品质量安全的监督管理工作；县级以上人民政府有关部门按照职责分工，负责农产品质量安全的有关工作。

草案还规定，国务院农业主管部门应当设立农产品质量安全风险评估专家委员会，对可能影响农产品质量安全的潜在危害进行风险分析和评估。

根据草案规定，农产品质量安全监督管理人员滥用职权、玩忽职守、营私舞弊的，依法给予行政处分；情节严重，构成犯罪的，依法追究刑事责任。

草案规定，我国将建立健全农产品质量安全标准体系，明确农产品质量安全标准的分类。涉及人体健康安全、动植物安全、资源和环境保护的，应当制定强制性标准，其他可以制定推荐性标准。

草案规定，转基因农产品必须在外包装上明确标志。此外，进行包装、标志销售的农产品未标明品名、产地、生产者、生产日期、保质期、产品质量等级的，给予警告，限期改正；逾期不改正的，处1万元以下罚款。

草案指出，伪造或者冒用无公害农产品、绿色食品、有机农产品及其标志的，或者以不合格产品冒充合格产品的，责令改正；有违法所得的，没收违法所得，并处3万元以上10万元以下罚款。

草案明确规定，6种农产品不得进入市场销售。这6种农产品分别是：含有国家禁止使用的农药、兽药或者其他化学物质的；农药、兽药等化学物质残留超过农产品质量安全强制性标准的；重金属等有毒有害物质超过农产品质量安全强制性标准的；致病性寄生虫、微生物或者生物毒素超过农产品质量安全强制性标准的；使用的保鲜剂、防腐剂和添加剂等材料不符合国家有关安全、环保、卫生方面的规定的；其他有毒有害物质超过农产品质量安全强制性标准的。

农产品生产企业生产、销售禁止销售的农产品或者不合格农产品的，将被处5000元以上3万元以下罚款。

草案规定，因农产品质量安全给消费者造成损害的，消费者可以向农产品批发市场要求赔偿。属于生产者、销售者责任的，农产品批发市场有权追偿。消费者也可以直接向农产品生产者要求赔偿。

草案规定，发生农产品质量安全事故，有关单位和个人应当采取控制措施，及时向所在地乡级人民政府和县级人民政府农业主管部门报告；收到报告的机关应当及时处理并报上一级人民政府和有关部门。发生重大农产品质量安全事故时，农业主管部门应当及时通报同级食品、药品监管部门。

草案明确规定，农产品在包装中使用的保鲜膜、防腐剂和添加剂如果不合格，责令停止使用，限期对被污染的农产品进行无害化处理，并处5000元以上3万元以下罚款；不能进行无害化处理的，监督销毁被污染的农产品。

生产过程是控制农产品质量安全的关键环节。草案对农产品生产活动予以规范。要求农产品生产企业和农民专业合作经济组织建立农产品生产记录；未建立或者未保存农产品生产记录的，要责令立即改正，并处5000元以下罚款。

草案内容从保障消费者利益的角度出发，条款内容涵盖了农产品从产地到市场的全过程。对各个农产品质量安全监管相关部门的权责也进行了明确。权责的明晰有利于改变过去各部委间权责不明、管理混乱的局面，保障农产品质量安全工作的顺利进行。

2006年4月29日，《中华人民共和国农产品质量安全法》由中华人民共和国第十届全国人民代表大会常务委员会第二十一次会议通过并公布，自2006年11月1日起施行。

此后，全国各地也相继出台了多部相关地方性农产品质量安全监管法规。如《北京市食品安全监督管理规定》《天津市无公害蔬菜管理办法》《深圳市鲜活农产品食用安全管理规定》等。

随着农产品质量安全法的实施，无论是生产者还是消费者的利益都得到更确实的保护，我国农产品质量安全建设也有了更坚强的后盾。

无公害农产品认证制度启动

2004 年 1 月 6 日至 7 日，"全国无公害农产品认证工作座谈会"在湖北武汉召开。

会议确定，加强无公害农产品产地认定和产品认证工作，保证当年完成 4000 个产品的认证和 8000 个产地的认定，为如期完成"无公害食品行动计划"奠定基础。这是农业部农产品质量安全中心成立以来召开的首次全国性工作会议。

2001 年，经国务院批准，农业部启动了"无公害食品行动计划"。

2002 年，农业部农产品质量安全中心成立。由农业部农产品质量安全中心、全国 63 个无公害农产品认证省级承办机构、69 家认证检测机构以及"认证评审委员会"构成的无公害农产品认证工作体系已初步形成，无公害农产品认证法规制度基本建立。

据农业部农产品质量安全中心主任马爱国介绍，截至 2004 年，全国共有 32 个省、区、市和计划单列市及新疆建设兵团相继启动了无公害农产品认证工作。各省共认定无公害农产品基地 7758 个，认证地方无公害农产品 7119 个，为全国统一的无公害农产品认证奠定了坚实的基础。

决策领导

全国统一标志的无公害农产品认证工作从 2003 年 4 月中旬正式启动。到 2004 年，共有 1563 个单位的 2071 个产品通过全国统一认证，获得农业部农产品质量安全中心颁发的无公害农产品认证证书。

经农业部农产品质量安全中心备案的无公害农产品产地有 2081 个。

在会议上，农业部副部长范小建指出，2004 年，是"无公害食品行动计划"全面推进的第二年，也是无公害农产品认证工作全面启动和深入开展的第一年。各级农业行政主管部门要将农产品质量安全工作纳入重要议事日程，各无公害农产品产品认证和产地认定机构，要加快产地认定进度，加速地方认证向全国认证转换进程，扩大全国统一认证的目录和规模，要让无公害农产品尽快成为生产者追求的目标、广大消费者的首选和社会公认的安全放心品牌。

湖北省农业厅厅长陈柏槐和江苏、浙江、福建等省农业部门的负责人在会上介绍了经验。

到 2007 年 6 月，农业部农产品质量安全中心主任、中国绿色食品发展中心主任马爱国表示，"十一五"期间，将新认证无公害农产品、绿色食品和有机食品 2 万个，并力争到"十一五"期末使无公害农产品、绿色食品和有机食品等"三品"的总量，在全国食用农产品商品总量中的比重达到 35% 左右。

据马爱国介绍，无公害农产品保障的是基本消费安全，今后将根据农产品质量安全强制性技术要求，加快"菜篮子""米袋子"等与老百姓日常生活密切相关的农产品认证。"三品"发展实施"从土地到餐桌"全程质量控制的标准化生产模式，推行"环境有监测、操作有规程、生产有记录、产品有检验、上市有标识"的全程标准化生产，实现农产品质量可追溯。

在各级政府和广大生产者、经营者的共同努力下，新阶段的"菜篮子工程"，为改善人民群众生活质量，促进农业产业结构调整谱写了新的篇章。

运用科技手段保障食品安全

2005年5月13日，"2005年全国菜篮子放心工程研讨会"在北京人民大会堂举行。

会议旨在"运用高科技手段，建立有效诚信体系，保障食品安全，维护市场秩序"。

在会上，中国商业联合会推出了 PMS 平台食品安全监管信息化技术。

据介绍，PMS 平台食品安全保障体系有生产管理、经营管理、防伪查询等 16 个系统，其功能采用二维码技术，与国际惯例接轨；建立稳定完善的企业信息化模式，实现商品进、销、存管理，产品质量检测，市场流通跟踪监管，各类信息查询、统计、汇总、市场各类数据的反馈、传输功能，为生产决策提供科学依据；准确、科学地为各级政府职能部门提供各类终端数据的调阅、查询。该系统具有灵活性强、性能稳定、功能强大、符合中国国情、信息化模式超前等优势。

中国商业联合会高新技术办公室，特设"PMS 全国推广中心"，实施采用高科技手段全面监管食品安全。

2007年，为确保全市城乡居民吃上更加优质安全的蔬菜，天津市对菜田农药使用等种植关键环节进行重点管理，85 万亩无公害蔬菜种植将逐步实行网上监管规范，对无公害蔬菜从产地环境、生产管理、加工储运到市场准入全过程进行网络监管。

同时，大力实施蔬菜等级上市"身份证"制度，根据蔬菜质量进行等级科学分类。从基地生产蔬菜的品种、外感、内在质量等方面建立等级上市"身份证"，实行优质优价，对质量不达标的蔬菜将严禁上市，就地销毁；逐步建立刷卡检验"互认"机制，通过调查与整理全市蔬菜等级相关资料，制作并输入 IC 卡，消费者通过刷卡就能够选择出不同等级的蔬菜。

据介绍，从 2007 年开始，通过新建无公害蔬菜安全监管电子平台，积极开展蔬菜质量安全检验检测数据监控项目建设，提高区县间的蔬菜质量安全检验检测数据联网规模和监控能力，为实施蔬菜"市场准入"的索票索证制度做好前期准备和打好基础。

全市所有蔬菜生产个人和公司都将建立严格的档案制度，把农药喷洒、肥料使用等种植管理项目逐项真实、严格记录并上网；并杜绝高毒农药的使用，规范蔬菜种植方式。

从 2007 年 10 月 1 日起，按照新出台的《天津市菜市场管理办法》要求，"今后本市市内 6 区及其他区、县人民政府所在地区域内菜市场应当建立健全并组织落实菜市场进货查验、索证索票、购销登记、不合格食品退市等食品安全管理制度"。

据统计，2008 年以来，天津市已完成组织无公害农产品认定 2.3 万亩，使全市拥有经过核准认定的无公害粮、菜、果面积达到 202 万亩；无公害农产品示范基地依标生产率达到 100%，这标志着本市农产品质量安全水平实现全面提升。

在 2008 年 6 月 23 日，温州市农业部门举行了农产品质量安全监控管理系统启动仪式。

农产品质量安全监控管理系统，为市民的"菜篮子"安全建立起一道新防线。

农产品质量安全监控管理系统是将现代网络、无线传输、信息定位等技术与农产品质量检测、危险性分析、关键点控制以及安全预警加以融合而建立起的系统化、规范化、标准化的信息网络。

系统通过在全市 11 个县、市、区设立信息化监测网点，实现每周对各县、市、区的重要的 3 个蔬菜基地和 3 个农贸市场中生产、贩卖的水果、畜禽、水产品等各类农产品进行抽样调查。

这些监测数据经网络汇总后，不仅使数据中心能够实时监控各地农产品的安全情况，更可通过系统中心终端数据库的统计分析能力，及时发现、发布农产品质量安全预警。

农产品质量安全监控管理系统，通过建立网络化信息平台，实现了农产品生产、流通质量安全的档案化管理，提升了农产品质量，保障了人民的食品安全。

二、 实施行动

- 1990 年，寿光召开了一个 1200 人参加的"千人科技大会"，进行了蔬菜科研大讨论。

- 在海口港码头，每天都能见到一批批载满海南新鲜瓜菜和水果的大货车，源源不断跨过琼州海峡驶往全国 170 多个大中城市。

- 在旅顺口区土城子村蔬菜基地，菜农指着大棚中间一台仪器说："人听音乐来精神，没想到给蔬菜听音乐效果也这么好!"

寿光市着力打造蔬菜之乡

1990 年，寿光县委书记收到一封来信。

写信人是一位农业科技专家，他建议县委注重科技发展，向科技要产量、要效益。县委书记觉得这个建议不错，在信上作了批复。

半个月后，寿光召开了一个 1200 人参加的"千人科技大会"，进行了蔬菜科研大讨论。

在会上，无公害栽培模式也列入了议程中。县委政府还号召所有干部利用一切条件与全省乃至全国的大专院校联系，吸引农业专家来寿光传授科技。

半年后，蔬菜研究所挂牌成立。该所还和全国 12 所农业大学、13 个科研单位建立了合作关系，有 15 处乡镇的 120 多人从大专院校和科研单位引进新品种、新技术 153 项。

1991 年，田马镇殷家村一位在泰安农科院工作的教授被请回村中，他们用大棚生产技术搞洋香瓜配种试验，当年获得成功。第二年，村里洋香瓜大棚就发展到几十个。经过多年发展，这里形成了全国最大的洋香瓜生产基地。

1995 年以来，随着全国"菜篮子工程"的全面实施，各地蔬菜生产迅猛发展，寿光蔬菜产业的优势受到严峻挑战。同时，随着经济发展和人民生活水平的提高，人们对安全、优质蔬菜生产提出了新的要求。

对此，寿光按照"人无我有，人有我优"的原则，掀起了以发展无公害、绿色、有机蔬菜为主要内容的蔬菜产业二次革命，建起大批无公害蔬菜基地，包装礼品菜，发展蔬菜深加工，对外出口，占领国际市场。

据了解，寿光先后聘请了中国科学院、中国农科院等全国科研单位、大专院校的46位院士、专家、教授担任蔬菜种植、花卉栽培、水产养殖、园艺管理、生态农业及生物工程等领域的技术顾问。

有了人才作保证，寿光蔬菜始终占领着全国蔬菜的制高点。在他们的具体指导下，全市农业科技工作者和广大菜农积极探索、不断创新，研究大棚蔬菜种植等农业新技术。他们总结出了大棚绿豆瓣、大棚密植香椿、大棚油桃、葡萄，大棚蔬菜立体种植等40多项优质、高产、高效种植新模式、新技术；出现了年亩产值10万元以上的高效典型和亩产黄瓜3万多公斤的高产典型。这些技术很快被普及推广，产生了很高的经济效益，推动了蔬菜产业的发展。

科技创新，始终是寿光菜在市场竞争中一路领先的生命源泉。多年来，该市紧紧围绕"全省进前列，百强上位次"的发展目标，不断调整优化农业结构，全面推进农业产业化、标准化、国际化进程，促进了全市农业农村经济的快速发展。寿光先后6次跻身全国农村经济综合实力百强县、市行列，位居全国第六十七位，农业增加值列全国第十九位，成为著名的"中国蔬菜之乡"。

对科学技术永不满足的追求，来自于寿光人不知疲倦的进取精神，也来自于他们无时不在的忧患意识。作为中国蔬菜产业的一个窗口，寿光虽然取得了瞩目的成就，却一直有一块心病：栽培蔬菜品种数百个，八成却是"洋品种"。这些价格不菲的"洋种子"有的甚至比黄金还要贵，寿光菜农们每年要为此付出3亿元成本。

为了寿光，也是为了全国的蔬菜产业，从2005年起，寿光人开始了向育种业的进军。

此后，寿光市先后同全国216所大中专院校和科研单位建立了合作关系，并实施了"名优蔬菜种苗组培快速繁育技术体系研究与开发"等17项重大科技攻关项目。

2006年，寿光市又同中国农业大学合作，在市高科技示范园建立了中国农业大学寿光蔬菜种子研究院，对传统蔬菜品种进行改良，全力打造寿光自己的优质蔬菜新品种。

到2007年，寿光冬暖式大棚已经更新到第五代了。5次大棚改进史，就是5次科技发展史。与寿光农民接触，你会深深感受到他们敢冒险、能创新的精神。多年的实践使他们懂得，创新与科技结合就会产生出巨大的生产力。

大批优秀专家的到来，大量科研机构的进驻，不仅为寿光带来了先进的科学技术，更带来了全新的生产理念。

榜样的引导、外来专家的帮扶、信息化时代中无处不在的发现与告知，再加上他们血液中丰富充溢的创造性细胞，使越来越多的"农民专家"成长和成熟起来。

寿光的"桃王"刘成德发明创新的"一边倒"树型栽培技术，可以孕育出亩产量2500公斤至5000公斤的桃树；以葡萄闻名的黄荣名，通过他的"中国荣名葡萄网"把葡萄苗卖到了全国各地；只有初中文化程度的张砚祥靠着自学成才，在实践中逐渐摸索出一套成熟的蔬菜病虫害诊断技术；还有首创"草地杏园"的燕兴华、"金寿"杏发明者肖安华、"蘑菇大王"韩仕禄。他们都用一个个丰满真切的事例，演绎着寿光"创造性的劳动最美"的精神理念……

寿光人不只为寿光蔬菜而骄傲，更为他们自己而骄傲。正是每一个寿光人，塑造了这样一个整体的寿光品牌。

寿光蔬菜的市场开拓之路并非一路凯歌。2006年以来，作为寿光农产品加工出口主要市场的日本、欧盟等地，都大幅提高农产品检测标准，给寿光蔬菜出口设立了更高的门槛；与此同时，随着全国"菜篮子工程"的推进，其他蔬菜产地的异军突起，也带给了寿光蔬菜不小的冲击。

在发展中，寿光市政府把突破口瞄准了"标准化"

生产。在标准化的大旗下，寿光蔬菜的每一步前行都如履薄冰。

2001 年 8 月 24 日的"无公害蔬菜生产动员大会"，2003 年 7 月 15 日的"全市农业标准化工作会议"，2007 年初的有奖举报高毒剧毒农药经营等系列措施，使全市蔬菜标准化一直在"刚性"环境中推进。

到 2007 年，全市无公害、绿色、有机食品基地达到 60 万亩，认证优质农产品 322 个，优质农产品基地和品牌认证数量在全省均位居前列。

在 2007 年 8 月 2 日召开的蔬菜标准化工作会议上，寿光市又推出了大棚"准建制"、基地档案化管理，实行测土配方施肥，杜绝高毒剧毒农药在蔬菜主产区经营，进一步强化了田间地头的蔬菜质量监管。

"寿光蔬菜"作为寿光的品牌和资源，为寿光工业和招商引资提供了良好的环境。

寿光蔬菜品牌的形成始于产业化。作为全国农业标准化示范区，寿光在种子培育、大范围种植、统一的格式化管理、集中销售等各个环节，完整地贯彻了产业化技术，为品牌的铸造不断积蓄着势能。

寿光一直站在理念创新的潮头，致力于打造品牌蔬菜。他们将寿光菜整体塑造成全国品牌，作为"母品牌"，又依托"母品牌"催生"子品牌"，让品牌菜向系列化、深加工发展，进一步提高蔬菜的附加值。

从 2000 年起，寿光开始举办一年一届的国际蔬菜科技博览会。8 年的菜博会，使寿光完成了一个从区域性蔬菜产地到具有国际性影响的蔬菜产地市场的大跨越。

菜博会吸引了全国 30 个省、市、自治区和世界上 50 多个国家和地区，涵盖了种苗、生产资料、农机具、种植技术和设备、加工机械、深加工产品等方方面面，参观者中有 60% 是农民，30% 是客商，10% 是各地政府的农业官员与技术人员。

这些市场信息的大量积聚和沉淀，让寿光这个地域性的名字与蔬菜产业有机地结合在一起，成为一个完整的区域品牌。

"子品牌"则是寿光广大菜农的企业化品牌经营。独特的创新力、新技术的应用使得寿光农民不断寻求产品的差别性，也正是这种差别性的寻求使得寿光菜农的企业化品牌经营充满了创新和活力。如今，寿光已有"乐义"蔬菜、"洛城"特菜、"欧亚"蔬菜、"燎原"蔬菜、"圣珠"西红柿、"荣名"葡萄等知名品牌。

寿光市以各类基地、农场为依托，已成功注册了 128 种农产品商标，有 20 多大类 100 多个蔬菜品种通过了中国绿色食品发展中心认证，成为"全国农业标准化示范区建设先进单位"和"全国农产品质量安全工作先进单位"。

到 2007 年，寿光市农产品加工企业已发展到 350 家，带动基地 40 万亩，80% 的农户进入了产业化经营体系。

寿光被称为我国的"菜都"，这是寿光的骄傲。但是寿光早已不仅仅作为一个蔬菜生产基地而存在了，对于未来，寿光人还有更多的谋划和设想。

种植一亩大棚蔬菜和种植一亩大棚种苗，哪个收益更高？答案不言而喻。种菜、育苗、制种，哪一项效益更高？答案更是显而易见。随着寿光农业的快速发展，他们把眼光稳稳地投向了制种、育苗产业。

转变的过程取决于当地种子的研发和种苗产业化的进度。2006 年，寿光与中国农业大学联合成立寿光蔬菜研究院，致力于蔬菜良种的研发。

中国农业大学寿光蔬菜研究院的苗锦山博士说："通过对当地品种的提纯、复种，对国外品种的选化，三至五年时间，寿光会有自己的优良蔬菜品种。那时，国内和国外品种将进入一个竞争加融合的阶段，寿光菜农也可育制出贵过铂金的良种。"

事实上，随着种苗产业发展迅速，以前只属于科研机构和规模化基地的工厂化育苗室，现在已经出现在各乡镇的田野里，个体资金纷纷进入种苗培育产业，并呈现出势不可当之势。

这还只是寿光谋略中的一步棋。

"一提农业，就以为是种粮、种菜、养鸡、养猪。"副市长王教法说，"其实，寿光农业资源丰富，蔬菜产业基础厚重，完全可以衍生出多篇好文章。"

休闲农业，已经起步。三元朱村、蔬菜高科技示范园、弥河生态农业观光园、林海博览园……都是寿光休闲农业的资源，这将为寿光观光农业带来无限风光。

农业文化，正在发掘。从《齐民要术》算起，直到现在全国闻名的蔬菜之乡，寿光农耕文化源远流长。对农业文化挖掘、整合和利用，定使寿光现代农业焕发新的光彩。

生物能源，逐步推广。户用沼气在寿光有了一定发展。另外，全市每天产生 10 万公斤的蔬菜垃圾，如何转化为生物能源，也是寿光的下一步课题……

在不断挑战对手、挑战自我的过程中，寿光的魅力必会放射得更广、更远、更灿烂。

平顶山市建设示范园区

2004 年 4 月 9 日上午，在河南平顶山市区体南农贸市场，蔬菜摊位上不仅有带着刺儿的黄瓜、泛着红光的番茄，连以前市场上根本见不到的娃娃菜、迷你黄瓜、球茎茴香、七彩辣椒等洋菜、南方菜也争先恐后挤上了摊位。各具特色的食品琳琅满目。

经过多年建设，作为一项"民心工程"，河南平顶山市的"菜篮子工程"建设取得了显著成绩。据市蔬菜办负责人介绍，全市的"菜篮子"产品供求矛盾已得到有效解决，并基本上实现了总量有余、供求相对平衡的良好发展态势。

据统计，2003 年全市蔬菜总产 153.76 万吨，肉类总产 32.31 万吨，禽蛋总产 12.1 万吨，水产品总产 8150 吨，鲜奶总产 7306 吨，都较好地满足了市场供应。

蔬菜、肉类等除供应本地市场外，还有部分产品远销江西、武汉、上海、广东等地，并进入了国际市场。

"菜篮子"产品在农业结构调整中的地位日益突出，2003 年种菜、养殖已经成为农民致富的首选项目。

"菜篮子"产品科技含量全面提升，生产管理水平明显提高。平顶山市通过各级"菜篮子"生产管理部门、科研及科技推广人员的共同努力，一大批优良品种，先进的生产管理技术，新型农药、肥料、兽药、饲料添加剂得到了推广应用。

特别是示范园区建设及温棚蔬菜配套技术如嫁接育苗、气体施肥、无土栽培、滴灌等先进科技成果的示范推广，有效地提高了蔬菜生产的管理水平，提升了"菜篮子"产品的科技含量。

2003年，全市共有日光温室、塑料大中小棚7.18万座，各类保护地面积近10万亩，生产蔬菜80万吨。

市场建设步伐加快，流通体系日趋完善。平顶山市随着"菜篮子"产品生产基地的发展，各地以基地为依托，建立和完善了一批不同类型的交易市场，涌现出一大批运销和中介服务组织。

为方便蔬菜购销和近郊菜农进城卖菜，平顶山市开通了"菜篮子"绿色通道，加快了融入国内外大市场、大流通的步伐，促进了产品的快速有序流通，还采取措施鼓励"菜篮子"产品进入超市。

产品供应品种增多，质量卫生安全水平明显提高。平顶山市蔬菜和畜禽等新品种的引进，生产管理技术的进步，产品储运、加工水平的提高以及流通体系的建立和完善，使"菜篮子"产品的花色品种不断增多，以前看不到的洋菜、南方菜、反季节蔬菜和各具特色的肉类熟食制品都上了普通市民的餐桌。

与此同时，各相关部门鼓励农民积极发展无公害产品的生产，建立了一批无公害农产品和无公害蔬菜标准化生产示范基地。

天津新建、改造菜市场

2006年1月，天津市河西区已经通过多种渠道，新建、改造菜市场，并加强对建成后的市场严格规范管理，使一大批新建市场从硬件到服务都上了一个档次。

到2006年1月，河西区已累计投资达1.24亿元，新建和改造提升了30个菜市场，建筑面积近9.6万平方米。

新年伊始，继地处柳林地区的博疆菜市场建成开业后，河西区多渠道引入资金，由美国蓄麦士天津商贸有限公司投资500万元改造提升的小海地秀峰里菜市场又即将开业。

河西区为满足居民群众"菜篮子"的生活需求，多年来将菜市场建设作为提高居民生活质量的"民心工程"来抓，千方百计将好事办好，实事办实。

针对新建菜市场选址难的问题，河西区采取了挖、调、扩、改、征5种途径：

即在开发商开发项目中的规划预留用地上做挖潜文章，"挖"出有关的菜市场用地；通过调整闲置煤场，采取置换地块的方式，"调"出菜市场的地址；在改造提升原有农贸市场时通过接层等方式，"扩"出菜市场建筑面积；通过协商，调动城区中的集体所有土地使用者的积极性改变土地业态，"改"建菜市场；最后是从政府及所

属部门设施用地中"征"一部分。例如，为解决梅江地区居民买菜难的问题，区有关部门与开发商积极协调，挤出地块建成了梅江菜市场，深受居民欢迎。

为确保良好的购物环境，河西区出台了《菜市场建设管理实施意见》，同时，实施了市场考核细化标准"十个必须做到"和规范管理的"四个统一"。

"四个统一"即统一将"十个必须"上墙公示；统一按300平方米设一名保洁人员；统一实行管理和保洁人员佩戴胸卡上岗；统一市场商户着装经营。要求菜市场建设与管理资金投入到位、规范与监督制度到位，做到商品经营有序，摊位整齐不外溢，市场整洁天天达标，有严格的卫生保证措施。

同时，该区积极创新，在体院北、梅江、博疆等一批菜市场建设中，引进具有一定管理经验和经济实力的公司和连锁企业投资组建经营公司，提升了菜市场经营水平，其中体院北菜市场还成为本市唯一利用地下设施成功开办并经营较好的地下菜市场。

河西区为满足广大居民的生活需求，还将新建改造5个标准化的菜市场，并进一步加强规范管理，方便百姓生活，确保居民购物放心满意。

扬州市实施标志管理

2006 年 4 月 1 日开始，扬州市对无公害农产品、绿色产品、有机食品实行标志管理，扬州农产品质量安全追溯制度正式实施。

这标志着农产品生产记录可存储、产品流向可追踪、储运信息可查询，农产品的质量安全管理水平提升到一个新的阶段。

这一切都得益于扬州市人大常委会关注民生，关注农产品质量和安全，充分行使人大职权，连续 3 年倾心打造让群众满意、放心的"菜篮子工程"的举措。

2003 年 1 月 18 日，扬州市人大第五届人民代表大会第一次会议举行。食品安全问题成了代表们重点关注的热点。

怀着对民意民生的高度关注，朱克昌等 11 位代表、彭兰等 10 位代表、陶诚等 10 位代表分别提出了《推进新阶段"菜篮子工程"建设》《加快无公害农产品质量建设》《加强无公害蔬菜和肉制品质检力度，保障人民身体健康》等 3 件议案，呼吁大力加强农产品质量安全建设，让人民拎上放心的"菜篮子"。

还有为数众多的代表同时也提出了相关内容的代表建议。

代表的急切呼声反映了人民群众对"菜篮子"安全的殷切期望。

大会主席团对此高度重视，决定将这3件议案列入大会议程交代表审议。

1月23日，出席会议的412名人大代表，齐刷刷举手通过了《关于推进新阶段"菜篮子工程"建设的决议》。"菜篮子"工程建设的决议明确提出了新阶段的任务：

> 以提高"菜篮子"产品质量卫生安全水平为核心，市区3年左右，县、市4年左右基本实现主要"菜篮子"产品，即蔬菜、畜禽及水产品、水果产品无害化生产、加工、流通，达到无公害农产品的质量要求，让城乡居民吃上"放心菜""放心肉"。

"菜篮子"一头来自四面八方，一头通向千家万户。保证农产品质量安全，责任重大，影响深远。

市政府高度重视"菜篮子工程"决议的贯彻实施，调整了"菜篮子"工作领导小组，由市长任组长、分管副市长任副组长，14个相关职能部门为成员单位。

同时，市政府及时下发了《关于落实市五届人大一次会议〈关于推进新阶段"菜篮子工程"建设的决议〉的意见》，明确了近几年"菜篮子工程"建设目标、发展方向和各年度的工作重点，提出了 5 条措施，对组织领导、部门职责、营销体制和投入机制作了具体规定。

各成员单位也据此制订了年度工作计划和详尽的实施方案。经过一片紧锣密鼓的布置，寄托着代表和广大群众厚望的"菜篮子工程"建设启动了。

豆制品是扬州百姓餐桌上的传统佳肴。但是，扬州豆制品质量和市场情况并不容乐观，充斥市场的小作坊、黑作坊豆制品质量卫生状况极差，老百姓要求加强管理的呼声很大。

为此，常委会决定将豆制品问题作为推进 2004 年度"菜篮子工程"建设的重点进行督查。

为了掌握豆制品生产的真实情况，常委会决定先组织一次暗访。

6 月 18 日晚，常委会分管主任召集市人大相关工委和市政府办及相关部门及新闻媒体，在不事先通知的情况下，冒雨检查了城郊结合部的 4 个豆制品作坊。

检查发现的问题，特别是生产环境脏乱、安全问题严重的程度，令人触目惊心，也给了检查组成员极大震撼。

大家连夜讨论，全面排查突出问题和管理漏洞，相关部门作了自我批评，市工商、卫生监督部门连夜处理问题。

一天后，一份《市区豆制品质量安全问题亟待解决》的调查报告，并配以现场拍摄的 9 幅照片，摆上了市委、市政府领导同志的案头。

市长迅速批示：

> 豆制品等食品工业事关人民生命安全，务必引起重视。要加大整治力度和监管力度，让市民吃上安全、放心、优质的豆制品等食品。

在接下来的 20 多天里，新闻媒体连续对豆制品质量安全的整改情况进行了大量的后续采访和追踪报道。

在其后的 3 个多月时间里，市人大常委会连续组织多次专项执法检查、暗访和代表视察，督促政府部门进一步加强豆制品的生产和市场整顿。

在初步解决生产环节问题的基础上，又针对豆制品在运输和销售环节上二次污染严重的情况，要求市有关职能部门大力规范运输和销售行为，减少二次污染的发生，确保豆制品安全卫生。

豆制品的"百日整治"工作取得了令人振奋的成效：市区豆制品生产企业投入 150 多万元资金改造生产厂房 3020 平方米，企业面貌焕然一新；168 家豆制品生产作坊进行了整治；市区 40 家农贸市场的 180 个豆制品经营户实行生产厂家公示制度，接受社会监督；马路非法交易市场被取缔；总投资 800 万元，专门生产放心豆制品的"富扬"食品公司诞生。

2005 年，是市区完成"菜篮子工程"建设任务的收获之年。

常委会坚持突出重点，采取多种形式，继续加大工作力度：检查蔬菜基地和农贸市场建设情况，夜查生猪屠宰检验检疫情况，就"菜篮子工程"建设进行网上问卷调查，并委托审计局对2004年度"菜篮子工程"专项资金的使用情况进行审计。一系列扎实有效的措施，推动了"菜篮子工程"建设工作健康有序的进行。

无公害蔬菜生产基地建设初见成效。

扬州市市区新建万亩无公害蔬菜生产基地，新建道路46公里、渠道43公里、泵站15座、各类大棚2300座、防虫网面积580亩、喷滴灌面积1750亩。

豆制品加工企业和经营场所的卫生状况大为改观。扬州市新建"放心豆制品"专卖店30个，"维扬""富扬"两个放心豆制品品牌，已覆盖市场的70%左右，确保了豆制品市场供应的质量和安全。

农产品质量建设的组织体系、监督监测体系、产品认定体系日趋完善。

扬州市建立了市农业标准化联席会议制度；投入500多万元建成市农业产品质量监督检测中心；对农副产品批发市场的蔬菜产品实现农药残留的强制性准入检测；204个农贸市场开展了以蔬菜农药残留速测为主要内容的市场准入。

"三品"基地建设和"三品"申报认定工作稳步推进。

扬州市全市通过省级认定的"三品"基地面积330万亩，获得"三品"品牌333个，建成农业标准化示范区54个。

　　建立农产品质量安全追溯制度。扬州市无公害基地农产品在生产、加工、包装、运输、储藏及市场销售等各个环节，建立质量安全档案记录，加强从农田到餐桌的全过程监管。

　　扬州市人大常委会关注民生，关注农产品质量和安全，充分行使人大职权，使扬州市打造出了让群众满意、放心的"菜篮子工程"。

大连引导发展蔬菜经济

2007 年 12 月，在大连市旅顺口区土城子村，菜农蒋英杰家的温室大棚里，满眼郁郁葱葱，鲜嫩滴翠的黄瓜缀满瓜藤。

蒋英杰正领着人在摘黄瓜，她家今年 40 多个蔬菜大棚的收入将达 60 多万元。

在旅顺区农村像蒋英杰家一样连片开发的温室大棚随处可见，一年四季，满载新鲜蔬菜的货车从这里出发，驶向大连市各大农贸市场和超市。

以棚菜生产为主的设施农业不仅成为旅顺口区现代农业的一大亮点，而且成为农民增收致富的主渠道。至 2007 年，旅顺口区设施农业总面积已达到 2 万亩，年蔬菜总产值 3 亿多元。旅顺口区实现农民人均纯收入超万元，设施农业功不可没。

旅顺口区委、区政府针对旅顺口区濒临大连中心城区，以及耕地面积少、耕地零散分布的实际，经过多方调研，反复论证，从 2006 年起，提出举全区之力发展设施农业，巩固并加强大连重要的"菜篮子"基地地位，提高单位面积耕地的产出，增加农民收入。

为了取得广大农民的支持和认可，旅顺口区委、区政府领导带领有关部门负责同志多次深入农村对保护地生产和建设进行调研，并进行现场指导，与农民交流。为增强说服力，一些涉农街道还组织农民参观设施农业大户，由尝到甜头的大户现身说法。

眼见为实，不少农民看到设施农业每亩可以获得近万元的收益，便坚定了建温室、建大棚的决心，开始从事设施农业生产。

区领导的高度重视以及优惠的扶持政策，极大地调动了广大农民的积极性。仅两年时间，旅顺口区就新增保护地面积8000亩，设施农业总面积达到2万亩，占总耕地面积的七分之一。全区已形成许家窑村、周家村等28个村级百亩保护地以及三涧堡街道、铁山街道、长城街道3个千亩保护地生产基地。

"人听音乐来精神，没想到给蔬菜听音乐效果也这么好！"在旅顺口区土城子村蔬菜基地，菜农蒋再鑫指着大棚中间的一台仪器说，"这就是声波助长仪，用上政府无偿赠送的这种仪器后，黄瓜、芹菜等蔬菜不仅长势好，而且抗病能力强，与没使用时相比蔬菜增产三成以上。"

在大力发展保护地的过程中，旅顺口区特别注重增加科技含量，鼓励农民运用农业新科技，引进农业新品种，生产绿色无公害蔬菜，提升农产品市场竞争力。

全区专门成立技术服务小分队，开通科技"120"热线，采取科技人员"包棚""挂牌"方法，开展农业科技示范服务活动，为农户提供精心指导、优质服务，解除了农民生产中的后顾之忧。据了解，到2007年，旅顺口区正在使用的无公害、绿色食品、有机食品农产品商标 11 个，品种达 30 多个，年增加经济效益上亿元。

解决农产品销售问题，是激发农民发展设施农业积极性的关键。在这方面，旅顺口区除采取龙头企业带动、品牌促销战略以外，还建立各类产销合作组织帮助农民实现增收。

其中，大连绿晨果蔬合作社是旅顺口区最大的集生产、加工、销售于一体的农民专业合作组织，有社员 1000 多名，覆盖洪家、曹家、周家、沙包等 60 多个村。合作社将广大农户与市场之间，农民生产与市民消费之间的各个环节有效地组织起来，形成完整的、市场竞争力强的产业链条。

到 2007 年，旅顺口区现有农民专业合作组织 44 家，共有 4 万农民进入产业链条，农民专业合作组织平均为每户入社农民每年增加收入 5000 元以上。

大连市旅顺口区做强做大"菜篮子工程"，引导农民发展蔬菜经济，使设施农业为实现农民增收立了大功。

彭州实现"菜篮子"一体化

2007 年 3 月 22 日，清晨 5 时，四川彭州龙门庆丰农贸有限公司经理胡世荣，准时出现在彭州蔬菜批发市场门口。

他不停地接打手机，了解全国五大蔬菜市场的价格走势，并接受客户的订货。

他还要面对从彭州各地赶来的菜农。他需要对当天的收购价做出准确的判断，要以高于市场价每公斤 0.1 元的保护价，收购这些被他预订的蔬菜。公司人员还会用农药残留快速检测仪抽检蔬菜。

6 时，以彭州市"龙门山牌"无公害蔬菜的名义，每天上百吨鲜菜由胡世荣的物流车队送往全国各地，40 个小时内南下到达广州，4 天内北上到达乌鲁木齐。

10 时，这批蔬菜的一部分会鲜活地出现在成都家乐福或好又多等超市里。

1980 年，胡世荣在彭州饮食蔬菜公司做业务员，如今身兼彭州蔬菜产销协会会长，他就像了解自己一样了解彭州这块土地。

彭州作为全国五大蔬菜生产基地之一，2005 年蔬菜产量 16 亿公斤，外销量超过 12 亿公斤。比如在乌鲁木齐和重庆，彭州蔬菜占据了其外调蔬菜的半壁江山。胡世荣的龙门庆丰农贸有限公司，每年经销蔬菜5万吨，其中向成都市场供应近万吨。有如此规模的公司，也只是彭州市180户营销大户之一。

基于悠久的种植传统，多年来南菜北运的口碑，优质的土壤、水源及空气条件，彭州被国家命名为"全国无公害农产品暨蔬菜生产示范市、县"。作为全国蔬菜标准化生产示范区，其蔬菜基地无公害蔬菜合格率一直保持在98.5%以上。

彭州供应了成都城区三分之一的蔬菜消费市场，彭州的蔬菜安全直接关系到成都人的食品安全。

2003年，彭州市建起全省首个县级蔬菜质量监督检测中心。

2004年，又在三界、濛阳、九尺、升平等产菜重镇和蔬菜批发市场设立了8个蔬菜质量检测站，随时掌控蔬菜农药的残留状况。

但是，如何让农产品供应链上的所有参与者齐心协力主动参与安全管理并自我约束？

庆丰公司这样"龙头企业+农民协会+基地+农户"的农业产业化经营类型被认为有效也是受欢迎的，这是中国农业科学院农业经济与发展研究所有关课题组在彭州考察后的结论。

早在2000年，胡世荣就牵头成立了彭州市蔬菜产销协会，"为领导反映问题，为老百姓处理问题"。成员包括蔬菜种植户、加工户、销售大户。

入会成员必须是规模经营者：种植者的蔬菜种植面积在 30 亩以上；蔬菜加工业者雇佣的从业人员在 30 人以上，或者年蔬菜销售量在 1 万吨以上。

到 2007 年，协会成员有 1300 人，其中加工企业 12 户，营销、运输户 597 户，种植户 669 户；每人每年交纳会费 100 元。农民则只交 30 元。协会的主要工作是培训农民、监管生产、推广新品、统一注册商标争取绿色认证、帮助销售、决定市场价格。

协会首先是实践农业产业化、土地规模经营的先行者。协会于 2003 年建基地 3400 亩，其中直接租田种植 1200 亩，与农户签订种植协议的订单 2200 亩。更与 3 万农户建立长期供求合作关系，涉及土地 12 万亩。

另一个显而易见的成果是，蔬菜产销协会于 2002 年 5 月正式注册了"龙门山"牌无公害蔬菜商标，并在协会会员内广泛应用。但协会有权检查蔬菜品质、商标印刷、产地确认，并交由政府进行农药残留检测。

2005 年，"龙门山"被国家商务部评为"三绿工程"全国十大蔬菜畅销品牌并向全国公开推荐。"龙门山"品牌含金量高，在乌鲁木齐的销售价格每斤可以比市价高出 0.1 元，而在扬州，可以高出市价每斤 0.2 元。

彭州的"龙门山"牌蔬菜，都有耕种卡和产地标签，要求明确标注种植者姓名、地址和电话号码。

彭州市天彭镇壁山村村民高文英是庆丰公司的忠实合作者之一。2005 年，她接受公司订单推荐，种植了一种新品日本菠菜。合同上写明收购保底价每斤 0.3 元，如市价超出就随行就市按市价收购。这种菠菜被证明比传统菠菜生产周期短、产量更高、售价更高。她的一亩日本菠菜最后以每斤 0.92 元的价格由公司收购，获得了 4000 元的收入。2006 年，她坚定地扩大了与庆丰公司的合作，将家里的另一亩地用来种香芋和油麦菜。壁山村像她这样的订单农户有二三百户。

高文英 2006 年种植的冬季菠菜 20 天后就可以上市了。像这样的无公害菠菜在彭州种植面积达 5 万亩。菠菜生产严格按无公害标准，由庆丰公司向订单农户提供种子，配送或建议购买符合无公害标准的化肥、农药，种植户还被要求按无公害生产技术规程进行生产并填写田间档案：种植面积，播种时间，施用化肥、农药品种、次数及用量，采收时间等。并接受市县两级农药残留度检测中心的随机抽检。

高文英说，签了订单的农户都有一本叫"耕种卡"的小册子，村民都能按要求填写。胡世荣说，按收购时回收的记录来看，按时填写生产档案的订单农户 2006 年达到了 80%。

在这条"龙头企业＋农民协会＋基地＋农户"的产业链条上，有一条"无公害"的安全生产链条贯穿始终。按彭州市农村发展局经济作物科科长杨红宣的说法，这就是彭州无公害蔬菜"质量监控与追溯系统"。

2006 年 11 月 1 日，《中华人民共和国农产品质量安全法》施行。法律中规定农产品生产记录及产地标识，旨在建立对农产品安全供应链的全程监控和事后问责制度。从这两点看来，彭州自2004年就推行"无公害农产品生产投入品档案"，并明示产地与生产者身份，已经走在了全国的前头。

这样的农产品安全供应链，前提是建立在多种形式的土地规模经营的基础之上。规模化生产不仅是提高劳动生产率的需要，也是保证农产品标准化生产的基础。

彭州属于大成都第三圈层的农产品基地，人口77万，耕地66万亩，人均不足一亩地。63.4万农村人口中，现有劳动力38.4万人，其中富余劳动力人数达25.09万人。一方面土地产出效益增长有限，而进城务工需要从土地上解放出来；另一方面，农业产业化项目又有成片种植、追求规模经营效益的需要，因此土地向规模经营集中近年来成为政府、龙头企业和农户的共同选择。

土地规模经营建立在尊重农民意愿的前提上。在因地制宜、循序渐进的原则上，彭州出现了多种形式的规模经营。

第一种形式：租赁土地，由单一业主大规模经营。第二种形式：农民以地入股，建立合作经济组织。第三种形式：在企业的技术指导和监督下，农民各自在自己的土地上，统一按照科学的技术和种植方法种植同一种产品，形成地理上的规模经营。所有形式的规模经营最终指向产业化经营、提升规模经营效益，通过企业统一检验，统一销售。

像胡世荣这样的营销大户往往涉猎多种规模经营形式。除了与3000户农民签订单，让农民按合同种植蔬菜外，为确保货源和质量，直接租地经营建立自己的基地是他的工作重心。

2006年，彭州市天彭镇白庙村的200亩良田，由胡世荣从镇土地托管中心租下，成为公司直管农场，村民是胡世荣的基地工人。

"股田制"是规模经营的另一种形式。在升平镇昌衡村，来自紫坪铺水库的移民万安玉、梁仕林等17家农户也将50亩地托付给了胡世荣。以往在汶川种植粮食油菜的移民们并不擅长蔬菜种植，便组建了蔬菜产销合作社，推举胡世荣为社长，以50亩土地经营权折股入社。

2004年，彭州全市蔬菜种植面积65万亩，其中产销协会就占总数的80%。协会通过建设专业化蔬菜基地，带动"一乡一品"，实现了规模经营。协会下设八个蔬菜专业委员会，包括三界镇莴笋专委会，形成了以三界镇为中心的12万亩莴笋生产基地；以敖平镇为中心的4.5亩川芎生产基地，以及万亩花菜、万亩胡萝卜基地等。

敖平镇兴泉村选择了成立"川芎合作社"的规模经营方式。彭州是全国知名的中药材川芎的主产地。中药材的重金属与农药残留长期以来让消费者疑虑重重。四川绿色药业科技发展股份有限公司在租地1000亩建成川芎农业规范基地之外，并与兴泉村和凤泉村两村的 539 户农民共同成立川芎合作社。

兴泉村村民谢卫光把家里的 3 亩地入了合作社，与昌衡村的合作社不同的是，川芎仍然由各家各户自行种植，但要严格按照绿色药业公司的要求选种、施肥，按国家《中药材生产质量管理规范》生产并填写农户管理卡。待到成熟季节，由绿色药业公司统一收购，基本能保证农户每亩地收入 2000 元。

谢卫光说，川芎的市场波动很大，前两年卖价不到 5 元，倒是 2006 年价钱涨到了 10 元以上，自家的 3 亩地卖了一万多元。至于为什么 2006 年他仍然将承包地入了合作社，他说，川芎行情暴涨暴跌，交给公司收购，风险小一些。

农民对土地流转的态度，与当地地理位置及产业发展水平息息相关。据彭州市蔬菜办科长谌敦华介绍，坝区土壤好，种植蔬菜效益也较好；而丘区则相反，只适于种植果树及中药材，因此丘区的农民相对来说更愿意将土地使用权流转出来。

到 2007 年，彭州全市参与土地经营权流转的土地约 1.5 万亩。

彭州的无公害蔬菜只是成都启动的"无公害食品行动计划"的一部分，也是成都推进城乡一体化战略的重要一环。通过 3 年多来持续稳妥地推进土地规模经营、发展农业产业化，成都农产品的安全供应体系已渐成形。

据农业部 2005 年农产品质量安全例行监测结果，成都市蔬菜中农药残留超标率，从 2003 年的 23% 下降到 10.4%；全市无公害农产品认证产品按标准检测合格率更高达 100%。

彭州市作为成都的农产品生产基地，在成都推进城乡一体化战略中，通过多种形式的土地规模经营以及农业产业化探索，初步建立起在市场上富有竞争力的安全食品供应体系，并形成产业化和规模经营的现代农业之路，为解决城市食品安全供应提供了较好的范例。

河北省发展林下经济

2001年，在衡水市饶阳县里满乡小堤村，村民们开始在退耕还林工程中种植的树林下，发展林下经济。

在河北，衡水的饶阳，沧州的肃宁，以及廊坊、邯郸、保定、沧州等平原区林下养殖业都有不小的规模。

廊坊市农林科学院开发推广的"林下食用菌高效栽培技术体系"，把速丰林基地当做生产车间，把棉籽壳加工制成菌棒移入郁闭的林中，上罩遮阳网，每亩为农民增收一万多元。

在平原区，河北省新发展了速丰林700多万亩，或种植或养殖，多种模式探索发展林下经济，逐步把这些林地变成"菜篮子"。

河北省林业局林业产业化办公室主任赵英辰说："我们目前总结了一批比较成功的模式，有林禽、林畜模式，还有林农、林草、林药、林菌等模式。这些模式在全省试点示范后推广，收到了良好的效果，实现了生态、社会和经济效益的多赢。"

搞林下经济会不会破坏生态成果？在一线的林农和林业工作者给出了否定回答。

河北慕农农林开发有限公司副总经理王彦滨说："林下发展食用菌每天要雾化喷灌，这同时也给林木浇了水。

种菇的林子比同期栽种的林子年均胸径增加了两三厘米，且叶片肥厚，落叶晚，病虫害也少。"

河北省林业局产业办高级工程师李华西说："发展林下产业，把林下闲置的土地高效利用起来，有效缓解了林农矛盾，为国家节约了大量土地资源。同时可以建立良好的循环生物链：林下野草和昆虫成为禽畜食物，减少了林木虫源和防治投资；林下枯枝落叶可作为食用菌营养源，禽畜粪便和食用废料又成为林木生长的肥料。据测算，发展林下经济的林分，林木生长量比一般林地平均高 15% 至 20%。"

发展林下经济，以短养长，让农民得到了实惠，提高了农民发展林业的积极性和保护森林资源的主动性。衡水市林业局局长肖振华说，据初步调查，林下特种经济开发每亩每年可收入千元以上，高者上万元。

河北林下经济蓬勃发展的重要原因，是观念转变、机制灵活和政策支撑。

速丰林是邯郸邱县的重要产业，近年来年均造林 5 万多亩。如何让几十万亩速丰林发挥更大效益，让群众在"绿色银行"中"存储"利益？

邱县引导农民发展新型高效种养项目，推行"农林复合经济""树下经济"等种植模式。到 2007 年，全县发展林药、林菌等林下产业面积 3 万多亩，每亩年收益 1000 多元，走出了一条"以地生财，以林养林，长短结合滚动发展"的平原高效林业发展模式。

从 2003 年以来，衡水阜城县共退耕还林 14.5 万亩，为巩固退耕还林成果，该县把大力发展林下经济作为工程后续产业开发的突破口，引导和带领各乡镇发展林粮、林药间作等模式。

为鼓励发展林下经济，河北省林业局也专门出台了林下经济发展的指导意见，并在重点林业工程区主抓了一批不同类型的林下产业示范园区，培育出了一批典型企业和大户。

对规模大、效益好、管理规范的特色基地、示范园区，予以命名和挂牌认定，并给予重点扶持。据不完全统计，河北省林下经济前期发展面积 58 万亩，经济效益突破 10 亿元。

林下种植蔬菜或养殖家禽，基本上是在一种野生、半野生的状态下进行的，与纯粹的人工种植、养殖相比，林下蔬菜、家禽等发生病虫害的几率小，长势更好，是无污染的高效的绿色食品。在人们日益崇尚绿色的情况下，发展林下种植、养殖业的优势越来越明显。

我国林地面积广阔，发展林下经济空间巨大，只要发展好了这个天然的"菜篮子"，林下种植不与粮争地，还有利于林木的生长和林分质量的提高，有利于林农收入的增加，可谓一举多得，是典型的循环发展模式。

泽州建立产品标准化体系

2007 年，在山西省泽州县质量技监局的指导下，泽州县金村蔬菜、南岭酥梨、卧龙山甜糯玉米、高都小杂粮、柳中中药材等一批特色农产品卖得红红火火，这有效地促进了农业增效和农民增收。

在农业产业结构调整中，泽州县大力实施标准化生产、全过程监管，通过产业化经营，努力织就农产品安全防护网。

从 2005 年开始，县财政局先后拿出 1000 万元支持以实施农业标准化为主体内容的农产品质量提升工程。

县质量技监局联合农业等相关部门，着力建立和完善农业标准体系，陆续批准发布农业地方标准、规范 34 项，建立健全了由 176 项国家、行业、地方标准组成的叶菜类、干果类、家畜类等 10 种农产品技术标准体系。

到 2007 年，泽州县先后建成两个国家级和两个省级农业标准化示范区，农业标准化生产基地 20 多个，以及水东、霍秀等 26 个现代农业示范园区和优质小麦、小杂粮、奶牛、酥梨等 10 个农产品专业生产基地。

"公司＋基地＋标准化"成为最常见、最安全的农业产业化生产模式。

在这些生产基地，几乎每个地块、每种产品从土壤、大气、浇水、施肥、用药到采收、加工、包装等全过程都是按标准组织生产的。

泽州县还建立健全了包括政府质量检测体系、安全监管体系、企业自检体系在内的三大农产品质量监控体系。

在泽州，投资 300 余万元的农副产品质量检测中心配备了高效液相、气相色谱仪和原子吸收光谱仪以及农药残毒等先进检测设备和 P2 级生物实验室，达到了省内一流实验室的标准，常年为广大农民开通农药、化肥等投入品的绿色检测通道。

在质监、农业部门，从源头到田间，全过程封杀剧毒农药，确保农户用的都是高效、低残留类农药和生物有机肥，而且还定期指导农民安全使用各类农药和化肥。

同时，各企业纷纷建立了自己的检测实验室。

在泽州，一些食品企业斥资 500 多万元引进各种检测设备。

仅泽州双丰公司就一次性投资 40 万元完善检测手段。

到 2007 年，全县 16 个主要特色农产品通过无公害认证，无公害农产品认证面积达 3240 公顷，占全县耕地面积的 67.5%。取得 QS 食品市场准入证的企业 60 家，占全县食品企业的 63%，占全市获证企业的 47.6%。

巴公双丰、晋大奶业、泽州原种场、卧龙山食品、民乐面业等一批农产品加工企业不断发展壮大。

卧龙山的无公害甜糯玉米，促进农民每亩地增收近1000元；民乐面业日产小麦粉140吨，年转化当地优质小麦总产量的37%。

　　龙头企业综合实力的明显提升，为全县农产品质量安全奠定了坚实的基础。泽州县也成为全国粮食生产先进县、国家级商品粮基地、省级瘦肉型养殖基地和市级"菜篮子"基地。

海南省打造特色农业

2008 年，在海口港码头，每天都能见到一批批载满海南新鲜瓜菜和水果的大货车，源源不断地跨过琼州海峡驶往全国 170 多个大中城市。热带气候与反季节生产优势，使海南当仁不让地成为全国的"菜篮子""果盘子"。

然而，建省之前的海南，热带农业却一直得不到开发与利用，延续上千年的传统农业框框很难突破，用良田种其他作物无疑是一种奢望。就是在建省初期，海南农业依旧以粮食生产为主。

1990 年，全省粮食作物产值 4.92 亿元，占种植业总产值的 52%。结果显示，海南并没有种粮食作物的优势，亩产量也比全国平均水平低许多。专家分析认为，海南粮食单产低主要是耕作制度不合理：早稻种得太早，扬花期受清明风影响；晚稻种得太晚，抽穗期受寒露风和台风影响。

海南农业随即作出调整，先是把改革耕作制度作为提高粮食产量突破口，实施四改一：改革植期、改革品种、改革栽培技术、改革各种作物结构。早稻播种推迟 20 天，晚稻播种延后 20 天，不仅避开清明风、寒露风和台风对水稻的生产影响，而且腾出 4 个月时间，使冬季农业能够发展壮大。

海南冬季农业开发由此起步。

1990年，全省冬季瓜果种植面积137万亩，到1996年时已增长至200万亩，出岛量更是呈倍数增长，从一年不到10万吨，猛增到80万吨。冬季瓜菜和热带水果成为农业经济新的增长点。当年海南农民人均纯收入增幅达到22%，创下历史新纪录。

海南冬季农业的高效，不仅激发了本地农民的种植热情，而且吸引了大量岛外农民的目光。山东、江西、浙江、湖南等地农民也纷纷赶到海南租地种起瓜菜来。

这一年，海南省委、省政府制定推出了具有划时代的"一省两地"发展战略，"一省"指"新兴工业省"，"两地"是"热带高效农业基地"和"热带海岛休闲度假旅游基地"。从此，正式确定把海南建成中国热带高效农业基地。

2002年，海南省第四次代表大会在充分肯定"一省两地"发展战略的基础上，进一步提出"四大发展战略"，其中优势产业、科技兴琼和可持续发展三个战略都与海南农业密切相关。

海南省立足海南资源优势，大力发展热带高效农业，进一步优化农业产业结构，以出口出岛为导向组织农业生产，大力推进绿色农业，订单农业，不断提高农业整体素质，农业经济得以快速发展。

"十五"期间，海南农业增加值平均递增8.3%，瓜果蔬菜出岛量年均递增13.5%，从上海到乌鲁木齐、广州至哈尔滨，无论纵与横、还是寒与暑，境内大部分城市均能吃到海南的新鲜蔬菜和热带水果。海南已成为全国人民重要的"菜篮子"基地。

海南的瓜果蔬菜还远销至日本、俄罗斯及中国香港、澳门等国家和地区，国际市场正向海南敞开大门。

2006年12月，胡锦涛在与海南省委负责人谈话时，明确要求：

> 海南是全国最大的，也是唯一全省性的经济特区，一定要突出"特"字。在经济方面要构建具有海南特色的经济结构。要坚持改革开放，大胆创新，创建有利于科学发展的体制机制。总之，要突出特色，创出自己的特点，在发展新型工业、热带高效农业和旅游业等方面都有自己的特色。

按照科学发展观的要求，海南明确回答了"未来如何发展"这个问题：突出经济特区的"特"字，努力构建具有海南特色的经济结构和更具活力的体制机制，坚持生态立省、开放强省、产业富省、实干兴省的战略，实现海南又好又快发展。

从此，海南热带高效农业是一部可圈可点的农业科学探索发展史。首先，热带农业突破了传统农业框框，扭转了上千年海南农业发展方向，走上了热带高效农业之路。海南在全国第一个提出"以农产品加工运销为中心"组织农业生产；第一个在农业部门增设"市场信息处"；开全国先河，在冬季举办农产品交易会；突破落后的科技支农模式，创出享誉全国的农业科技服务110……这一系列的创新，构建了更具活力的农业管理体制机制，推动着热带高效农业迅猛发展。

海南高度重视农业产业化经营，把扶持发展农业产业化龙头企业作为增加农民收入，提高农产品竞争力的一项重要举措。至2007年底，全省共有龙头企业近300家，其中国家级重点龙头企业11家。

另外，海南各地的农产品协会组织十分活跃，像文昌的"西瓜协会"，三亚的"哈密瓜协会"，澄迈的"木瓜协会"，儋州的"荔枝协会"，昌江的"芒果协会"，乐东的"香蕉协会"等都办得有声有色，在技术栽培与市场营销等方面都信息共享、利益共存。

到2008年，海南成立农民专业合作社350多家，网点遍布全岛，基本上解决了农业小型分散问题，提高了农民的产业标准化程度。

在运用科技手段保障农产品质量方面，海南全省已确定了11个测土配方施肥示范市县和16个流动服务站，每年为20万农户提供服务，并将筹措1.2亿元建设全省农产品检验检测预警防控技术中心、区域分中心和流动服务站，构建立体检测网络，严守海南农产品出口出岛质量关。

海南农信社在推动海南特色农业、促进农民增收方面发挥了不可替代的作用。作为海南本地的经营机构与农民自己的银行，在积极推行小额贷款，扶持种养专业户之际，还创新与广大运销商密切合作，为海南热带高效农业稳定发展提供长期经营支持。在 2008 年，当部分瓜菜运销商车辆被堵在冰冻雨雪之中时，省农信社迅速制订信贷支持方案，拿出总额一亿元的专项资金支持瓜菜运销周转。

三亚是中国最南端的海滨城市，也是享有盛誉并已具规模的国际旅游城市，旅游业的兴旺也带动了农业的繁荣。三亚的设施农业是海南农业的又一亮点，除了满足本市的需求，大批的瓜菜被运销岛外。

在 2007 年，三亚市政府就拿出过 5000 万元扶持设施农业，有力地促进了全市设施农业的快速发展。另外，许多农场乡镇也争先恐后地大力扶持设施农业，纷纷组织"龙头企业＋农民专业合作社＋农户"模式，效益非常可观。设施农业是利用较差的土地生产，故能产生良好的效益回报。

海口作为大特区的省会城市，都市农业发展也是蒸蒸日上。通过从传统农业向现代农业急速转身，海口已培育国家级、省级龙头企业 17 家，帮带和引领 2.9 万户农民进入产业化经营领域。

海口农业已形成了以反季节瓜菜产销为拳头的外向型无公害瓜菜产业，以香蕉、荔枝等优质水果为主打的热带水果产业，以出口加工和田头加工为代表的农业加工产业等几大特色产业。优质农产品出岛、出口、进宾馆、进超市量逐年增加，品质日臻完善。

海南农垦也是海南农业不得不提的一张名片。海南垦区基层农场布局全岛，土地资源与生产产业优势明显，因此，支撑海南农业的半壁江山。橡胶仍是农垦的主打产品，且自营经济潜力大、后劲足。但像三亚的南田、南滨，儋州的八一、西联，澄迈的西达、红光等都不是以橡胶为主的大型农场，其他农业产业结构发展得如火如荼、又好又快。

海南农产品与内地农产品不同的是，大都与旅游产品连在一起。在海南的商场超市、旅游商品专卖店、旅游产品街，处处都能见到热带特色农产品。树上摘的、地里种的、山上采的等，无论是加工好的，还是新鲜上市的，都包装得精致漂亮，摆放得错落有致。

海南热带特色农产品丰富多彩，琳琅满目。椰子、芒果、荔枝、龙眼、香蕉、西瓜、菠萝蜜、火龙果、哈密瓜、大枣、杨桃、莲雾、绿橙、胡椒、腰果等产品，既有本土的也有引种的，五花八门，眼花缭乱。大凡来岛观光旅游的客人，很少有不大饱眼福与口福的，临走之际，或多或少总要捎带一些热带特产返乡，让亲朋好友们分享一下。

据了解，光游客每年从海南口岸捎走的热带特产总量就相当可观。随着来海南旅游的人数年年递增，捎带特产也成了海南农业又一特色，也成为便捷的宣传与真实的广告。

海口是海南热带农产品外销的主要窗口和通道。

2007年，海口经过省级认定的无公害产品基地已达49个，面积10.5万亩，已认定的无公害农产品37个，实现了荔枝、香蕉等农产品出口欧美。2008年，国家抽检海口市农产品总体合格率在96%以上，高出全国平均水平1.9个百分点。

三亚在热带农产品销售方面同样占尽天时、地利、人和。当地自产产品，如南田芒果、崖城荔枝等产品就富有特色而深得当地市民和外地顾客的青睐。三亚市分管农业的负责人说，每当国外游轮停靠凤凰岛补足给养时，瓜果蔬菜总是一车车往上装，热带特产是一箱箱朝上搬。三亚农产品之丰富令老外们大开眼界，啧啧称奇。海南省农业厅厅长肖杰说：

> 除了冬季瓜菜和水果，海南农业还有两大特色：南繁基地成为全国优良农作物种子的摇篮，海南还建成了全国最大的热带经济作物生产基地，每年冬天有28个省区市的5000多名育种专家来海南选育、生产农作物种子，全国繁育农作物新品种5000多个，其中4000多个经过南繁选育。现在的海南省农业已形成为全国重要的"菜篮子"基地，繁育种基地，天然橡胶基地，热带特色水果基地和水产品、畜产品出口基地。

六埠村建成蔬菜基地

2008 年 2 月 26 日，农历正月十五下午，天津市西青区辛口镇第六埠村村民张义建正在自己的大棚里忙着采收，身边几个菜筐里满是鲜嫩水灵的油麦菜。

用不了多久，它们将走进村头的六埠蔬菜批发市场，经过检验、分装后，穿着无公害衣服进入天津、北京以及东北等地的超市、饭店。

因为菜价好，不愁销，种了 6 年大棚菜的张义建对村里扶持无公害蔬菜种植的做法十分满意。张义建非常自豪："我们的蔬菜都有承诺，绝对无公害。"

张义建所说的"承诺"，就是第六埠村种植户与村委会签订的农产品质量安全承诺书。第六埠村有耕地面积1.2 万亩，保护地蔬菜生产面积 4500 亩，是天津市"菜篮子工程"基地。

为了保证六埠基地生产的蔬菜真正达到无公害标准，在市、区两级无公害农产品办公室的监督指导下，六埠村村委会与全村蔬菜种植户都签订了农产品质量安全承诺书，村委会专门成立了质量安全管理小组，对整个基地的蔬菜从产前、产中和产后进行全程监控管理。

产前管理主要抓投入品。对全村 6 户农资经营专卖店，除了进行定期培训外，村委会还与他们签订协议，实行追溯制度，凡出售违禁农药的，立即取消其销售资格；对产地农户，每季度开展一次专项整治活动，一旦发现禁止使用的农药，除追溯农药来源外，对农户罚款200元，第二次发现使用违禁农药，或在抽检中发现不合格的，就要罚款500元并向全村公布，形成农户之间自我约束、互相监督的机制。

在生产过程中，第六埠村从3个环节入手，把住无公害蔬菜质量关。一是搞好农田环境质量关，随时清除污染源；二是指导农户"依标"生产，推广无公害生物肥料、生物农药以及无公害蔬菜栽培、育苗和病虫害综合防治技术；三是在基地推广田间档案制度，逐年增加田间档案示范户，做到"管理制度上墙，操作规范上墙"。

在产后管理上，六埠基地加大了对上市蔬菜的检测力度。基地设有检测室，专门配备检测人员每月进行一次质量抽查，每茬蔬菜进行两次检测，确保基地蔬菜真正达到无公害质量标准。凡是基地生产的蔬菜，必须经过基地自检，区级检测中心定期抽检和市级权威部门复检全部合格后，方能上市交易。

此外，六埠村还通过利益联结机制，减少农户无公害种植的风险，帮助农户扩大市场，增加效益：组建了无公害蔬菜产销协会和蔬菜专业合作社，把分散的农户组织起来实现标准化种植；组建了产地批发市场，为农户销售蔬菜提供了方便；设立了无公害蔬菜销售中心，对订单产品统一收购，统一加工，统一包装，统一销售，统一结算。

2008 年，六埠基地已经与家乐福等 30 多家超市、饭店及天津理工大学等 20 多家大专院校、机关企业食堂等建立了稳定的产销关系。

经过几年建设，六埠村已经建成万亩无公害蔬菜生产基地，并获得产地认定证书，有黄瓜、芹菜等 28 个品种获得无公害农产品认证，并注册了"六埠"牌蔬菜商标。2007 年，该村共销售无公害蔬菜 4000 万公斤，净菜加工、包装配送 500 万公斤，年销售额达到 4500 万元。

经过多年连续投入建设，六埠村不仅成为天津市"菜篮子工程"基地，而且是全国绿化千佳村，市级文明生态村，全国首批农业旅游示范点，被称为"京津蔬菜第一村"。

湖南蓝山蔬菜畅销湘粤

2009 年 6 月 8 日清晨，满载着新鲜蔬菜的货车，一辆辆从蓝山县城大麻等乡镇开出，驶上永连公路开往广东，在 10 时左右，就可以进入广东市场销售。

蓝山县每年销往广东的蔬菜达 20 多万吨，年创产值 4 亿多元。时鲜蔬菜深受广东居民喜爱的同时，也促进了当地农村经济发展，成为农民增收的支柱产业。

蓝山县气候适宜、雨量充沛，山地田土面积宽，无重工业污染，环境优美。同时，毗邻广东，随着永连公路的全面改造，过境的两条高速公路的建设，到广东可以朝发夕归。

大批返乡农民工又带来了充足的劳动力。自然资源、交通区位、人力资源等优势集中，给蔬菜产业的发展打下了坚实的基础。

面对优越的蔬菜产业发展条件，省政府把这里定为"全省南销蔬菜生产基地县"来建设。为此，该县抓住难得的机遇，决定实施"菜篮子工程"，走出一条全新的科学发展富民强县之路。县里根据本地实际，出台了《蓝山县蔬菜产业发展总体规划》《蓝山县创建全省南销蔬菜生产基地县实施方案》。

按照"布局区域化、生产专业化、管理标准化、经营产业化、服务社会化"的模式，以绿色食品生产要求为目标，引进新品种、改良老品种，结合传统蔬菜生产情况，对全县蔬菜生产进行重新布局。

在毛俊、塔峰两大镇，建设两万亩香芋生产基地；在祠堂圩乡、楠市镇建设两万亩紫茄生产基地；在新圩镇和早禾、田心两办事处，建设一万亩辣椒生产基地；在竹市镇和总市、火市两办事处，建设一万亩"蓝山大白苦瓜"生产基地；在与广东仅有一山之隔的所城镇、大麻办事处、大桥、紫良等瑶族乡，建设两万亩南瓜、甜玉米、菜心，5000亩高山蔬菜生产基地。

为了加快蔬菜生产，确保质量，县里采取一系列的扶持举措：聘请省蔬菜研究所专家担任技术顾问，对蔬菜产业进行系统规划和指导；免费对基地农民进行技术培训，下派技术员驻村指导。

整合项目资金，加大财政投入，对种苗、加工、基地建设等进行补贴。每个基地创办一个300亩的示范园，发挥示范带动作用。

与广州江南蔬菜批发市场签订产销合同，建立销售网络，确保蔬菜销路畅通。成立"蔬菜开发公司"，申报有机蔬菜基地和产品"三品"认证，打出品牌，使蓝山县蔬菜产业得到规范快速发展。

北京形成农民超市对接

2009 年 6 月 5 日清晨 6 时，在山东青州口埠镇进潘村，农民裴德元在自家大棚里，摘下还挂着露珠的尖椒。

6 月 6 日一早，家住新街口西里的北京退休教师刘锦昭到物美新街口大卖场赶早市，他从货架上拿起个尖椒轻轻掰了一下，"咔吧"一声脆响。"新鲜！"刘锦昭满意地把尖椒装进了菜篮子。

北京市民菜篮子里能装进新鲜到发脆的青椒，得益于一种新型菜篮子供应链条"农超对接"。"农"就是农民，"超"是超市，因为农超对接，省去中间商层层转运转销，农田里采收的新鲜蔬菜，24 小时之内就摆上了北京超市的货架。

与之前大型超市多从批发市场购菜的做法相比，在农超对接这种新型供应链条模式下，蔬菜从采收、运输到销售的高效率是怎么实现的？蔬菜的质量能否得到保证？消费者、超市和农民这三方又会各自从中获得什么收益？

6 月 17 日凌晨 2 时，驻扎山东省青州的物美集团山东基地蔬果小组宿舍里，闹铃大作。

揉揉惺忪的睡眼，5 名年轻人翻身而起，匆匆抄起冷水洗把脸，发动两辆汽车疾驰而去。他们直奔种植着茄子、黄瓜、苦瓜的田间地头，目标很明确：赶早收菜，发往北京。

每天，北京总部会把需要的蔬菜品种、数量报给蔬果小组，小组成员拿着任务单直接到农民种菜的大棚前，挑选蔬果，议价收货。

这一天，蔬果小组吴桐接到的任务是苦瓜，他需要在 8 小时内到 20 多个蔬菜集货点走一遍，行程超过 100 公里。

打亮了大灯的货车在黑黢黢的乡间道路上疾驰，路边的大棚里，有零星的闪烁光点。"那都是农民正在采摘。"吴桐说，多数大棚里没有安灯，农民们都是戴着矿工帽，靠头灯的光亮采收蔬菜。

吴桐的货车停到一块地头，10 来筐新鲜的苦瓜已经堆到路边，吴桐和同事们熟门熟路地验货，定价，分拣，包装，称重，付款。

没多久，新鲜翠绿的苦瓜被整齐地装进泡沫运输箱。为了保证新鲜，箱底密密地铺上了一层冰块。端起箱子装车，一股凉意透箱而出。

10 时，两辆车在口埠蔬菜市场"碰头"，他们手脚麻利地将收购到的蔬菜，装上一辆核载 10 吨的东风大货车。

"今天 13 时以前，所有往北京运蔬菜的车辆都会发送完毕，总送货量超过 30 吨。"物美蔬果小组组长说。

这些大货车将在今晚 22 时前抵达北京物美果蔬配送

中心，新鲜蔬菜随即会被二次抽验，然后是分拣装车，与从其他产地运到的水果和蔬菜一起，通过物美的物流系统连夜配送到遍布全市的各店。6月18日早晨店铺一开门，它们就将接受北京消费者的挑选了。

"每天都跟打仗似的，"吴桐说，"紧张得很。"

同样，每天都在为新鲜蔬菜"紧张"和"打仗"的，还有"立志果蔬专业合作社"负责人南立志。

与物美集团每天由蔬果小组跑遍村镇收菜的方式不同，由内蒙古宁城县269户农户组成的"立志果蔬专业合作社"与北京家乐福建立了农超对接的合作机制。他们每天要为北京家乐福"直供"10吨左右的新鲜蔬菜。

在内蒙古自治区赤峰市的宁城县，这里平均海拔1400米，天空湛蓝，光照充足，还有蓄水量充足的水库，加之没有什么工业，非常适合绿色农业的生产。

6月8日夜里，宁城县突然下起大雨，雨势直到9日凌晨仍不见减弱。此时，三座店镇格日勒图村村民宫秀发一家3口，不到4时就爬起身，披着雨披摸进自家蔬菜大棚，他们一进棚就紧忙活，有的把从排气孔灌进大棚的雨水排出去，有的戴上纱线手套开始采摘长茄。

这一天，合作社跟他们预订了400公斤茄子。"我们这个钟点开始摘菜算不得很早啦，400公斤得摘到快10时呢。"宫秀发说着，手上一直没停活，就着大棚里的灯光，一手按住茄子把，利落地一掰，再轻轻把茄子码到框里。"茄子这东西古怪，用手摘，手指甲在茄子上划一下，这新鲜油光就没了，还留印。"老宫说戴上手套摘茄子，就是为了保证茄子的原样。

大棚足足占了近两亩地。老宫一家 3 口在大棚里从漆黑一片忙活到天色大亮，估摸着 400 公斤的"任务"算是完成了。

老宫喊上了几位邻居，大家把各自采摘的茄子、西红柿"拼"装上一辆小型农用车，气也不歇地向合作社赶去。

南立志早已在合作社的院子里翘首企盼了。

11 时，十里八乡的农用车纷至沓来，成筐的西红柿、长茄、尖椒从农用车上搬下，跟车过来的农民随即熟练地扎堆挑选、整理，把菜分类装进大纸箱。

15 时，所有蔬菜都装上了卡车，忙了大半天的南立志也算是松了一口气。"这批蔬菜现在出发，不到 24 时就能到达北京。"南立志说。

"这批菜今天夜里送到北京，在物流基地就会直接从大车分流到各台小型货车上，然后直接送往北京的各个家乐福店。"特地到宁城县来查看的家乐福北方区采购经理赵霞说。而北京的各个店在第二天凌晨，就能收到这些新鲜蔬菜。这样，早晨去家乐福买菜的市民就能直接把它们拣进菜篮子。

24 个小时之内，新鲜蔬菜从大棚跳上货架！之前，这是北京各大超市"不敢想"的速度。

如果省略掉拣选蔬菜的环节，从宁城县送到家乐福的菜还可以提前 3 个多小时到达。但这个环节不可能被省略，它已经被一五一十地写进了双方的合作协议中。

青椒断了裂了皮皱了，不能要；西红柿太小了有裂纹，不能要；茄子有划痕有压印，不能要……在立志果蔬专业合作社的验收现场，农民们手脚麻利地将不合格的蔬菜拣出来堆在一旁，将符合质量规定的蔬菜打包装箱。

就是形状长得不"顺溜"，都算不合格。南立志顺手捡起一根被淘汰出局的青椒。这青椒青翠鲜亮，一掰脆得咔吧咔吧响，但它卷曲瘦小，看上去像个问号。"这样的青椒都不能要。"南立志说。蔬菜拣选的淘汰率大约在 10% 左右，不合格的蔬菜全由合作社食堂"消化"了。

现场挑拣毕竟只能看到蔬菜的表面情况，打药、施肥这些消费者看不到的流程，如何保证环保健康？

南立志说，合作社专门设立了质量监测部门，农资、化肥、农药都是统购统销，这样不仅农民省钱，还把住了用肥用药的源头关口。此外，蔬菜该喷药的时候，合作社还会派出技术员现场指导，合作社本身平时也会到田间地头流动检查农药残留等指标。

吴桐曾是物美超市的蔬菜课长，在农超对接之前，他都是到大型批发市场采购蔬菜，"到批发市场你就得接受'卡筐'的潜规则。就是你买菜一买就得把整筐端走，而卡筐的菜最上面一层肯定是样子货，压在下面的往往都是歪瓜裂枣。比如一筐土豆，最上面一层如果有拳头大，下面的还不如鸡蛋大。现在农超对接的菜都是我们到田间地头一棵棵挑选的，质量肯定提高了一大块"。

青州市口埠供销社有个农产品质量检验中心。物美集团蔬果经营规划小组组长几乎每天都会来一趟，虽然眼前总是熟悉的场景。工作人员把送检的胡萝卜、青椒、苦瓜切出一厘米见方的切片，放入农药残毒仪器检测。检验中心每天必出"农产品农残检测记录表"，上面详细记录农产品的名称、样品量、酶抑制率、检测结果及时间等信息……

"除了这种检测之外，我们供销社还购置了一辆农药残留检查车，平时会去各户农民的大棚做抽检。"口埠镇农产品经营公司副经理李奎广说。农药残留等检测，最快 20 分钟就能出结果，一旦检出问题，菜就会被整批退回，绝不允许流入市场。

除了后期检测，青州市供销社系统也在源头上实现了对农产品质量的严格控制。据透露，目前青州市各个供销社都对农药、化肥和种子实施统购统销，在喷洒农药、施化肥等关键环节上，供销社会派专人到农户大棚里进行技术指导，这样确保农户送到市场上的蔬菜健康、环保。

"每天要向北京物美的上百万顾客供应几百吨的蔬菜水果，仅仅靠几个示范农场、几个种植基地是远远不够的，要保证这么多菜的品质，采后检测只是事后控制，必须要进行种植过程的标准化管理。"周树华说。物美选择山东省供销社体系合作的主要原因，是他们已经建立了300多个标准化生产基地和农业合作社，从生产资料到种植过程都能够纳入管理。

在物美负责人看来，农超对接给超市带来的直接效益，恰恰是物美卖的蔬菜能"找着主"了。"物美跟青州市口埠镇供销社直接合作，供销社对农资统购统销，还有一整套的质量监督检测机制，供应链简单明了。物美购买的就是跟供销社直接对应的农民的蔬菜。现在物美敢跟消费者打保票，菜的质量没问题。"

农超对接，省略大量的中间环节，拉低了蔬菜的采购成本，超市里的菜便宜了。

"以前的中间环节每过一遍手，每斤菜至少加价一角钱。"家乐福北方区采购经理表示，"相比我们到批发市场采购，农超对接直供一吨菜，采购价格要便宜15%到20%。"宁城县从去年9月至今，一共销售给北京家乐福900多吨蔬菜，如果按照每公斤蔬菜5角钱的均价来计算，节约的进货成本在40万元以上。

采购成本下降让出来的利润，其中大部分都体现在超市的价签上，实惠落在消费者的菜篮子里了。

而农民的收入呢，是增加了还是下降了？

宁城县农委相关负责人是这样介绍的，以前农民卖菜形不成市场，只能靠小商小贩到地头上收菜。蔬菜不耐储存，不卖给菜贩子，菜就会烂到地里。农民别无选择，只能接受菜贩子的压价。宁城县农民种菜的收入一度很低，仅仅保本，甚至是亏本。直到立志果蔬专业合作社与家乐福签下合作协议，建立农超对接，农民种菜才刚刚开始算得上有收入了。

因为直购直销，物美的收购小组对农民开出的价码比菜贩子高，可他们刚走进田间时根本收不到菜。很多农民担心将菜卖给物美会影响自己跟菜贩子的生意，农民说："要是物美收两天就走了，那时我不还得靠菜贩子？"

不过，一两个月后，农民的顾虑消除了。农民逐渐熟悉了农超对接模式，现如今，物美采购小组的车刚开进地头，就已经有农户拿着刚摘的菜等他们。"卖给物美挺好的，他们专门有人到地头收菜，价格也比以前高了。"青州市口埠镇农民孙永成乐呵呵地说。

消费者买菜便宜20%，农民卖菜增收20%，超市呢？负责人说，过去物美全北京的门店每天蔬菜销售量也就在15吨左右。而今年物美创下了平均日销售126吨，最高单日进货量295吨的纪录。

农超对接，开始于京郊的净菜市场。

大兴区长子营镇留民营生态农场，下午16时有机菜开始采收，之后送往加工车间拣选摘净，清洗，过秤，套保鲜膜……有机净菜会在当晚22时完成包装；转天凌晨4时前，这些净菜将全部送达门店，仅需12个小时。

这样的农超合作，自2002年起已经持续了7年。不过，京郊的蔬菜产量毕竟有限，能让更多市民吃上真正物美价廉的新鲜蔬菜，就要与北京周边省区蔬菜种植区直接交易。

2008 年 12 月，市商务局、农委组织 5 家供应北京奥运会的即食即用蔬菜切配企业与物美集团、京客隆股份公司等 20 余家连锁超市企业对接洽谈，5 家连锁超市与蔬菜切配企业当场达成初步供货意向。这一举措，被认为是政府牵线，农商密切合作机制的开山之举。

此后，连锁超市主动联络周边蔬菜种植区，建立农超对接。家乐福集团负责人表示，家乐福农超对接采购的农作物包括西红柿、黄瓜、卷心菜、茄子、萝卜、花椒、西兰花、叶菜等。

据市商务局提供的数据，目前北京连锁超市企业采取基地采购、订单生产方式或直接建立农产品生产基地实现农超对接。如家乐福在大兴区留民营、京客隆在大兴区礼贤和河北固安建立了蔬菜生产基地。大型连锁超市企业农超对接直采农产品的比例占超市销售果蔬等农产品总量的比重已达到 50% 左右。

2009 年 6 月 18 日，商务部、财政部、农业部联合下发通知，在 15 个省市开展农超对接试点，支持大型连锁超市、农产品流通企业直接与鲜活农产品产地的农民专业合作社对接，建设农产品直接采购基地，发展农产品从基地到超市的"直接流通"方式。

对于农超对接的流通方式，北京工商大学商业经济研究所所长、商务部市场运行调控专家洪涛认为：

作为我国政府积极推进农产品流通现代化的重要模式创新，农超对接对于降低流通成本、提高流通效率以及减少农民市场风险均具有重要作用。

但应该对农超对接模式有冷静的认识，它并不是完全取代农贸批发市场以及菜贩子下地收菜。农产品流通模式是多种多样的，一个模式不可能一刀切。

农超对接最终应当建立在科技和现代化的管理上，农产品销售要形成一种长期稳定的合约关系。而只有连锁企业强大，销售蔬菜的总量多，农超对接的蛋糕才会越来越大。

三、 美好生活

● 2004 年 11 月，黄财明和 7 名老乡以联合承包的形式，创建了桐乡市绿色餐桌工程绿色蔬菜生产基地。

● 彭洪根把芹菜、辣椒、胡萝卜等蔬菜经过科学加工，将其汁水注入凝固前的豆浆中，制造出一块块五颜六色的豆腐来。

● 刘成德花了整整一天的时间，将自家的几百棵桃树，全都放倒压弯了枝头。

黄财明创建蔬菜基地

2006 年 11 月 17 日，在浙江省桐乡市濮院镇红旗漾村董家厅组，即桐乡市绿色餐桌工程绿色蔬菜生产基地，处处可见"绿"意盎然的生动景象。

基地负责人黄财明是江西省崇仁县人，他是一名"特殊"的菜农。他和老乡共同承包种植的叶菜类蔬菜通过桐乡市区的农贸市场销往千家万户。

来桐乡之前，黄财明已在广州当了 8 年蔬菜种植大户。他看到老乡在平湖、嘉善等地承包田地种植蔬菜，获得不错的收益。于是，他跑到桐乡考察。半个月后，他和老乡相中了濮院镇红旗漾村董家厅组的良好种植环境，红旗漾村村委会及时帮他们调剂出了 68.8 亩田地。

2004 年 11 月，黄财明和其他 7 名老乡以联合承包的形式，创建了桐乡市绿色餐桌工程绿色蔬菜生产基地。

凭借丰富的种植经验，黄财明的蔬菜基地很快进入正常运行轨道。看好反季节蔬菜销售商机，他从广州引进优质蔬菜种子，改变传统蔬菜品种单一局面，种植的大白菜、毛毛菜、油麦菜等蔬菜受宠市场。

黄财明不无自豪地说："第一年生菜还不怎么受欢迎，现在桐乡市民吃生菜的越来越多，市民餐桌上的叶菜类蔬菜基本上是从我们这个基地销出去的。"

蔬菜基地倾注着黄财明的心血，也寄托着他全家人的希望。他每天零时起身到桐乡市区农贸市场卖菜，直到 7 时，黄财明才会带着收获的喜悦返程。黄财明虽觉辛苦却甜在其中。邻近村民看到他种植的菜苗好，有心移栽，黄财明总是无偿提供。

董家厅组村民董财宝虽然种了多年蔬菜，可因为蔬菜品种、种植技术等方面原因，收成不尽如人意，董财宝将黄财明种植的菜苗进行移栽，还从黄财明处学到了不少无公害蔬菜栽种技术，逐渐成为蔬菜种植"高手"。

2005 年，董财宝单蔬菜销售一项收入就有 1 万多元。像董财宝这样的村民，红旗漾村不下 40 户。

在桐乡生活虽然仅两年，但黄财明已经喜欢上了这个第二故乡。正如黄财明所说："桐乡人像自家人一样。"

七彩豆腐铺就金光大道

2007 年，彭洪根创造的彭家豆腐，成为南京市"1118"首批发布的热点创业项目和南京市总工会"二次创业基地"。

此时，彭洪根不但拥有彭家豆腐研究所，南京朋佳职业培训学校的"彭家豆腐"，还发展了国内外近 700 家连锁店。

提起创业，历尽创业艰辛的彭洪根说，七八年前，挖空心思但创业无门的他无奈继承了父业，靠卖豆腐养家糊口。

不甘失败的他凭着勤劳的双手和灵活的头脑，靠父亲"传"给他的小磨石，磨出了豆花饭，浑豆腐汤，蒸豆腐脑，凉拌豆腐干一系列豆制品。

磨啊磨，转啊转，彭洪根的头脑随着小石磨一圈圈转悠，终于有一天，把他经营的豆腐又"转"出了个新名堂。

彭洪根把芹菜、辣椒、胡萝卜等蔬菜经过科学加工，将其汁水注入凝固前的豆浆中，制造出一块块五颜六色的豆腐来。彩色豆腐不但外观美丽，而且食用起来更是味道鲜美。

彭洪根为使他的七彩豆腐更具营养、保健价值，他又潜心研究，把芝麻、红枣、枸杞等材料"植入"豆腐中，不但使豆腐成为一种美食，而且成为一种保健品。

彭洪根的七彩豆腐不仅是可口的美食保健品，还成了人们礼尚往来的馈赠品。

2002年，一位去澳洲留学的南京女孩把七彩豆腐带到国外，无意中，澳大利亚一家企业却发现了中国豆制品的"新大陆"，它们立即通过彭家豆腐网发来帖子要求合作。

在淮南中国豆腐节上，美国文氏食品有限公司代表见到七彩豆腐，十分惊奇，连声叫奇。通过与彭洪根一番亲密交流，不久，两家便牵手成为友好伙伴。瑞士、挪威、法国等许多国家，纷纷派人上门或发来函件，要求合作。

"我的目的不是靠和大公司合作挣来大把钞票，我是想在推广绿色豆腐这一'菜篮子工程'，促进下岗人员再就业上多作点贡献来回报社会。"彭洪根说。他尝到了创业的艰辛，现在能看到一些人利用彭家豆腐这个绿色产品来致富，觉得很欣慰。

2004年11月，在南京学习彭家豆腐制作的苏州失业人员岳文春，回家建成和风彭家豆腐有限公司，仅一年时间，公司拥有200多万资产。常州市莫志民的阳金彭家豆腐有限公司，现已发展加盟店30多家。老莫不但发了财，还成了常州的知名人士。

谈起加盟彭家豆腐人士的成功，彭洪根脸上露出了笑容。这笑容的背后，又让他付出了多少的艰辛啊。对于学员来学习、回家创业、技术知识等每一个环节，彭洪根不知道要往返多少趟，操多少心。

"看中这个行业，就是对我这个人的信任，我只有做好全方位工作，让对方不感到选择这个项目而后悔，感受到项目带来的效益而快乐时，这才达到我的心愿，也是我做人的原则。"彭洪根坚定地说。

1997年5月，彭洪根被迫下岗，像很多普通家庭一样，让这个原本就有些拮据的家庭更是一筹莫展。老彭回忆说：那些日子，仿佛连老天爷也总是对他阴沉着脸。为了生计，他不得不想办法赚钱养家糊口。彭洪根做过卫生纸批发生意，开过小饭馆，帮人看过柜台……但家里的经济情况丝毫没有好转。初涉商界的失败、繁多的债务，如同一块块沉重的石头，压在他的身上。

一天，妻子在屋里做饭，看丈夫实在是无所事事，就说："老彭，给我上街买块豆腐吧！"

彭洪根突然对妻子喊道："刚说买什么？"

"豆腐啊！"

老彭冲进屋拉着妻子的胳膊说："我想卖豆腐！"

妻子笑着说："别发神经了。"但稍加思索后，妻子突然想起来卖豆腐是彭家的老本行，当年父亲的豆腐方圆十几里都很有名的。

为啥不做咱会的呢？早在1940年，彭家从湖南举家迁至南京，继承祖业，在科巷开了家豆腐坊，生意很是兴隆。父亲当年也希望儿子能继承父业，把这份家业和手艺传承下去。而当时年少的彭洪根，一心想进工厂当工人，根本不屑经营一个没有"出息"、又累又脏的豆腐作坊。

当年，父亲用肩膀把"湖南豆腐"的担子从湖南老家千里迢迢挑到南京，俗话说"世上三行苦，撑船、打铁、磨豆腐"，父亲靠卖豆腐养家糊口。"父亲能，我也能做得到！"彭洪根顿时心潮澎湃。

往往走回头路需要勇气。吃一堑，长一智，经历了几次失败后，彭洪根变得细致起来。这次他没有急于动手，而是提前进行了广泛的市场调研。

早在20世纪80年代，商业部制定过一个豆制品的行业标准。在市场经济大风大浪的颠簸下，大多数豆制品厂相继倒闭破产。这个行业标准其实也是名存实亡，效力微弱。

支撑着这个看似巨大饱和的市场的主导产品豆腐，其实隐患和商机并存。一方面目前的手工作坊出产的豆腐质量令人担忧，消费者逐渐产生的畏惧心理需要尽快破除；另一方面，要从豆制品中走出一条新的路子来，首先要解决质量和卫生问题。如果能先人一步地解决了如上困难，这个市场的前景不可限量。分析到这里，彭洪根一阵莫名的欢畅。

彭洪根无意中看到《扬子晚报》由一个"阿牛帮您办"的栏目，就抱着不亏不赚、试试看的态度，给报社反映了他想创业的计划和遇到的困难。没多久，栏目就把他的情况登了出去。没想到，许多热心人纷纷来电询问。

最让彭洪根兴奋的是，父亲在世时的徒弟周楚才主动上门指导，给他做技术方面的支持。

有周楚才做技术顾问，他心里最担忧的技术问题这块石头终于落定。在遭遇了无数次白眼，吃了无数次闭门羹后，他终于勉强凑起来一点钱。

这时，东南大学博士生导师程文瀼看到报纸上的消息后，又送来 5000 元资助他创业，程文瀼一边回味着彭家豆腐的味道，一边说："当年你父亲的'湖南豆腐'让我至今难忘，好好干吧！我还想早点尝尝新一代'湖南豆腐'的味道哦！"彭洪根拿着钱，一时间千言万语却说不出来。

彭洪根被这些热心人的支持深深地打动了。他暗暗鼓励自己：一定要干出点名堂来，一定要做出成绩给那些给过他难堪的人看，也要以实际的成绩来报答那些帮助他的人们。

他也思索过，父亲的豆腐虽然做出了名气，但是却没有用豆腐积累致富，原因何在？

为了寻找原因，他四处向人讨教。江东门有一家浙江人开的豆腐坊，生意不错。他就专程上门去讨教。一连几天，老板守口如瓶。第四天，彭洪根提着礼品再次登门拜访，老板被彭洪根的诚心打动，两个人彻夜长谈。

彭洪根临走时，老板还送了他一小包上好的黄豆。就这样，他和这个浙江人变成了好朋友。

要知道，他得到的可是最直接有效的经验啊！抚摸着父亲留下来的小石磨，彭洪根做出了有生以来的第一块豆腐，豆腐出笼时，他捧着那块豆腐，小心翼翼，仿佛手里捧着的是他另外一个孩子。他的技术顾问周楚才站在一旁，憨厚地笑着，笑着……他让妻子记下那一天：1999 年 12 月 8 日。

第二天，人们发现他的小饭馆门口挂着一块小牌子：本店出售彭家豆腐。

虽然刚刚开业的豆腐坊生意冷淡，但这一次，彭洪根心里有数。因为他明白，现在的当务之急就是，要尽快把彭家豆腐的知名度打出去。如何才能让自己的豆腐与众不同呢？这时候，他想起了一本叫做《生意经》的书上写的一句话：产品的个性决定着它的命运。没有个性的产品就是没有特色的产品，你根本没有办法说服消费者来买你的东西。

这句普通的话，此时却给了他一些感悟，他白天在家搞试验，研究改进制作豆腐的新工艺，晚上又抽出时间参加南京市劳动局举办的创业培训。他仿佛走火入魔一般，天天如此。他的刻苦和热情感动了创业办公室的工作人员，由他们出面组织各个专业的专家帮他攻克在试验中的各种难关。

彭洪根这种自强自力的创业精神很快通过报纸、电视等媒体传播出去，热心的农业大学等许多高等学府的专家、教授们具体指导和帮助他。

彭洪根终于研制出了一种新型复合凝固剂，从而取代了中国2000多年的使用卤水或石膏点豆腐的传统工艺。新型复合凝固剂配方的特点使得豆腐的质量和产量有了大幅度的提升。

他意识到，这项新工艺即将为古老的豆制品带来翻天覆地的变化。

不仅如此，彭洪根还根据传统豆腐手工劳动密集的特点，巧妙地利用现代科技一改以往使用大锅烧、蒸汽冲的方法，改用电子自控温度加热，使大豆蛋白质充分分解，保持了大豆原有的浓浓的豆香味，不仅大大降低了豆腥味，而且还能实现从未有过的现制现售，设备的利用率可以达到最大化。这一切，在他的眼里并不是遥不可及。

南京市政府有关部门要在东箭道农贸市场举办"豆腐节"，面对着这个天赐良机，彭洪根当然不能错过。当他打电话报名时，工作人员告诉他，不是正规的放心店不让参加。彭洪根放下话筒，暗暗打了个主意。

2000年12月14日，是"豆腐节"新闻发布会的日子。彭洪根拎着一盒豆腐突然闯进了发布会现场，放开嗓门要求参加"豆腐节"。会场里的所有人都被这突如其来的声音吓了一跳。彭洪根立刻简明扼要地诉说了自己下岗后的种种艰难和遭遇。主持人和记者们都被他敢打敢拼的精神所打动，最后，热情地邀请他参加本届"豆腐节"。

12 月 20 日，"豆腐节"开幕，彭洪根在"豆腐节"会场外摆了一张桌子和 600 块豆腐。为了参加第二天的发布会，前一天，他在家里整整磨了一天一宿的豆腐。

女儿的头饰不小心掉在了豆腐制作的桌子上，彭洪根心头一动，自己为啥不给豆腐来个漂亮的包装呢？女儿正为打扰了父亲工作而难过的时候，彭洪根轻轻地把她搂过来，连声说："谢谢你！女儿，谢谢！"女儿被吓到了，连喊："妈妈，妈妈，你看爸爸啊！"妻子跑进来，看着父女俩的样子，乐得像个孩子。

他让妻子买回来一卷医用纱布，全家动手，将新出炉的豆腐包裹得四四方方。正如他所预料的一样，经过特别包装的豆腐顿时吸引来许多市民，一会儿工夫，就卖出了 300 多块。面对这意想不到的销量，彭洪根第一个想法就是：我终于成功了！

他听说市领导和媒体记者一会儿就到的消息后，看着蜂拥在自己摊位旁的顾客，突然灵机一动，开口大声嚷了起来："豆腐数量有限，每个人限购两块，请按秩序购买！"

他慢悠悠地故意放慢了销售速度，桌子前面很快排起了长队。市领导和记者们远远地就看到了这个长队，十分好奇。

蒋裕德副市长顺着队伍走到了彭洪根面前，跟他聊了起来，记者们纷纷举起了手里的照相机，拍下了这个精彩的场面。后来，记者们看到蒋副市长兴趣十足，干脆连会场也不过去了，便顺势围着彭洪根的摊点采访起来。那两天，当地媒体纷纷以"市长和下岗职工侃豆腐经"为头条，彭家豆腐很快就尽人皆知！

彭洪根的小店总是挤满了前来买豆腐的顾客。彭洪根不时向他们介绍豆腐文化、豆腐营养、豆腐菜肴等，门前聚集着越来越多的人，有心的顾客甚至还做了笔记。

彭洪根的账本上记录着经营彭家豆腐头一个月的收支：磨豆子 800 公斤，成本 1920 元；纱布、凝固剂等成本不到 100 元；0.5 公斤豆子出两公斤的豆腐，豆腐售价每公斤 1.4 元，总收入是 4500 元。自己动手节约了人工成本，净赚 2500 元！

拿着这些钞票，彭洪根亲自下厨，给女儿和妻子做了一顿丰盛的晚饭。妻子终于忍不住哭了起来，女儿也哭了，一家人抱在一起，久久地哭着。

2002 年 1 月 18 日，南京市豆腐制品展销会在南京科技馆隆重举行。"彭家豆腐"作为特邀方摆在最显眼的位置。蒋副市长专门来到彭洪根面前说："老彭啊！你的彭家豆腐的确不错，如果能做出特色，前景将更加广阔啊！"一句话点醒了彭洪根："是啊，我的豆腐是好吃，但与普通豆腐并无太大的差异，只是用纱布包装了一下。很快就会被模仿，要想长久地占领市场，出路又在哪里呢？"

要是豆腐做成彩色的，而不是传统的豆白色会怎么样呢？老彭整日盘算着这个念头。

春节将至，彭洪根的彩色豆腐研究进行得如火如荼。多少个日夜，老彭把自己关进了小阁楼，茶饭不思，困了就趴在桌子上，醒来了继续尝试。每天陪伴他的是量杯、温度计、浓度计、豆浆、蔬菜汁、水果汁……他重复着捣菜取汁、磨浆配料的工序，一遍又一遍。

20多天过去了，小阁楼上依旧没什么动静。除夕之夜，万家灯火通明，人们都围坐在电视机旁看春节晚会。老彭却在阁楼上研究。吃了妻子端上来的汤圆，他把凝固剂放进豆浆，却趴在桌子上睡着了。大梦初醒，已是大年初一的早晨，彭洪根突然从椅子上蹦了起来，高声喊着妻子和女儿。

"老彭，你成功了！"

"爸爸，祝贺你！"

老彭双眼噙满了泪水，是啊，他终于成功了，中国第一块彩色全营养保健豆腐终于成功了！

初试成功的彭洪根，改变不忘同路人，在江苏卫视的促和下，他帮助特困女工创业做豆腐的过程，在"服务先锋"首期播出，引来很多人学习交流。彭洪根开始不收费，一年后有70%的人都来重金酬谢。此时，有家公司花重金请彭洪根督导、加盟、推广，卖的是昂贵的机器，彭感到不对味，离开了公司。

彭洪根的七彩豆腐经媒体报道后，不少商家纷纷找上门来。此时此刻，老彭也似乎发觉自己终于迈进了致富的大门。

他与南京大学化学系顾庆超教授等专家们合作，成立"南京彭家豆腐研究所"，加上新街口街道创业园的鼎力资助，彭洪根与同时下岗工人方胜、刘长华联合成立了"南京朋佳职业培训学校"。并为"彭家豆腐"注册了商标，制订了企业标准，通过"环评"市技术监督局出具了检测报告，从卫生放心步入食用营养安全，成为南京市豆协团体会员单位。

于是，就有了发生在2005年12月29日清晨的一幕。苏州大部分农贸市场的豆制品摊位上，出现了一种商标为"和风彭家"的盒装豆腐。包装上标明了配料、保质期、保藏方法、生产日期、净含量、卫生许可证号、产品标准号等内容。

这一天，媒体上下一片忙碌。原来只有10多平米的豆腐店摇身一变，成了首批通过审查的豆制品企业和品牌。

同时，这一天也意味着另一个更为深层的含义：苏州豆制品行业的整体转型改革开始了。在一个个分布在各个角落的社区豆腐专营店中，彩色绢包嫩豆腐仿佛一个个显眼的工艺品，散发着令人口水长流的豆香。

一位老奶奶拉着孙子的手，惊奇地说："这不是电视上说的那个彩色豆腐吗？活了一辈子，还没看过带色的豆腐，今天一定要尝尝。"

做生意就是做人，彭洪根深信不疑。上了年纪的顾客一来到店前，彭洪根便嘘寒问暖，招呼个不停，对于老顾客，他大开方便之门。往往人还没走远就能听到"这人真好，人好、豆腐好"的赞叹。有了这些"活广告"，老彭在社区的美誉度迅速得到了提高。

作为创业明星、南京市劳动局创业培训典型的彭洪根，顺利入驻南京新街口街道再就业明星创业园。名气较大的"湖南豆腐"不给注册，在创业园街道主任许凯、助业明星李兰的帮助下，他只好重举"彭家豆腐"的牌子。在不到3年的时间，全国19个城市，迅速发展起了具有108家连锁专卖店300家销售网点的销售渠道。

就这样，彭洪根由一个普普通通的下岗工人，变成了领导和媒体关注的焦点。甚至他还被请到北京做客，委员长亲自给他授牌。他在北京签名售书并在钓鱼台作创业报告。

国家发改委前来考察，一行人参观了彭家豆腐的生产、经营区后，给予了较高的评价。省科技厅刘显桃厅长亲自为他题词："科技为再就业服务。"在省委书记李源潮的关注下成立的"南京朋佳职业培训学校"被确立成为江苏省劳动和社会保障厅涉外职业培训中心，还被南京市政府颁布为"1118"创业项目。

2002年秋，尼泊尔的商人穆哈桑来到中国，找到彭洪根洽谈"彭家豆腐"的合作意向；素有"台湾豆制品泰斗"的王老先生慕名来华与彭洪根交流。随后，彭洪根还在瑞士、挪威等国家办起了跨国企业。正如南京市政协主席汪正生所言："就业再就业工作大有可为！"

2003 年 7 月 18 日，北京钓鱼台国宾馆举行"爱我中华大家行先进事迹报告会开幕式暨颁奖仪式"。彭洪根这个当年的下岗工人，从第九届全国人大副委员长布赫手中接过"中华爱国之星"奖牌和证书。彭洪根在这些荣誉面前，最先想到的是那些曾经在他破落时帮助过他的人们，喷涌在他心间的是对那些鼓励和支持他的人的感激之情。

好事接踵而来，2004 年 7 月，彭洪根和澳大利亚籍华人张万里签订了"彭家豆腐"生产技术援助项目的协议；同年 8 月，法国 SB 公司商谈技术合作，该公司豆制品专家在"彭家豆腐"生产现场品尝了用"彭家豆腐"做的菜肴赞叹不绝，并赠送了一批法国豆制品专用工具；10 月，公司派两位技术人员应邀至挪威，传授"彭家豆腐"制作工艺；11 月，马来西亚通过深圳传媒公司成立亚洲推广站……至此，彭家豆腐真正地冲出国门，走向世界。

彭洪根用自己的勤劳和智慧，不但为他自己、为彭家豆腐带来了极高的国际声誉，也为国争了光。

自己富不算富，彭洪根深知下岗工人的疾苦，他决定继续发扬光大，带动更多的人致富。于是 2005 年初，彭洪根急流勇退，从领导的岗位再次"下岗"。他先后奔赴河南开封、辽宁大连、安徽宁国、湖北武汉、河南许昌等地，并与当地的劳动就业部门、工会、妇联保障部门联合推广"彭家豆腐"的制作工艺和经营理念。

为确保彭家豆腐的技术立于行业前茅，在市场中连连获胜，彭洪根致力于专业技术人才的培训和豆腐新品种的研发工作。

擅长豆制品的科研、技能、技术、研究的彭洪根也没有停下探索的脚步，在专家们的帮助下，他汇编成《豆制品技能传授与创业指导》，印刷的2000册已免费赠送全国各地的下岗失业的朋友。该书在豆品创业、豆制品产业加工、特色豆腐坊、豆吧、早点工程、豆品素食大酒店、石磨豆腐饭庄等方面颇具特色，有着很强的指导性。

他在制订加盟政策时充分考虑到介入这个行业的人是以下岗职工为主的弱势人群，为了让更多的人富起来，他只在加盟初收一部分加盟费用，授权允许联合拓展业务，而且规定每一个地级市只发展一家，确保每个加盟店都拥有足够的市场份额，盈利之后再将剩余加盟费用交给总部，在短短的一年内，一些地市级加盟店的数量迅速突破了100家。

加盟者如此众多，都是因为此项目投资小、回报高的特点。投资者只需资金5000元左右，房屋15平方米，销售辐射半径就可达到千户小区，而市场需求在20%，月营1.6万元，月收入7000元左右。

要做大做强，就得规模发展。有着市场营销成功经验的彭洪根制订了完整发展规划系统。于是彭家豆腐形成了加盟连锁—开店—总店—多间连锁店—产业基地的形成—各连锁店及销售网点的发展模式。

如今彭家豆腐在苏州、无锡、金昌市已达到产业化运作，常州、淄博、开封网络布局已见初效，加盟商已发展到了台湾。而在国外彭家豆腐做到了瑞士、挪威等国。

2007 年初，在吴中经济开发区刚刚投产的苏州和风彭家食品有限公司 1500 多平方米的生产车间内，全自动的不锈钢设备、辅助设备一应俱全。这套先进的豆制品加工设备，从黄豆清洗、磨浆、去渣到煮浆等工艺程序全部封闭作业。

在 2006 年 4 月，云南艺术学院读大四的湖南籍学生邓军勇，从昆明打过来电话，咨询"彭家豆腐"的相关情况。作为新世纪的一名大学生，为什么要做豆腐？

邓军勇有着独到的人生价值理念：首先自己对梦想追求有着很明确的规划和定位，有强烈的创业梦想。而最重要的是看好"彭家豆腐"项目发展的潜在实力。豆制品是传统的大众消费食品，更是世人历来公认的健康食品。特别是随着人们健康意识的提高，对健康价值的认识也日益提高，豆腐制品有着极大的市场需求。

2007 年，邓军勇辞掉了联系好的工作，正式成为南京朋佳职业培训学校的一名学员，并且亲自把自己的母亲也请到了南京来学习。长春的大学生王勇也是如此。

为了倡导大学生自主创业，帮助更多的人实现自主创业的梦想，彭洪根大胆地提出："以就业为导向，积极主动帮助和扶持各大中专院校的有志学生，帮助解决他们就业、创业难的问题，为学校和学生提供整套实习和创业前培训到创业后的后续辅导培训为一体的帮助。"

　　在倡行美观营养、绿色环保的今天，彭洪根的七彩豆腐不但如一股旋风迅速占领国内外市场，掀起一股彭家豆腐热潮，还圆了成千上万人的创业梦。

白手起家成蘑菇大王

2005 年底，在浙江绍兴的上虞市，盲人何幼定萌生创业念头，短短 3 年时间，他白手起家，从农村最普遍的种植养殖业做起，然后一路跑市场把自己栽种的蘑菇推向了外地市场，到最后甚至与人合作在杭州开起了连锁餐馆建立了稳定的销售终端。这一系列动作，也构成了他富有传奇色彩的创业故事。

何幼定因为身体原因过去一直以算命为生。一次偶然的机会，他听到孩子在一篇题为"我的父亲"的作文中对自己谋生手段的描述，老何感到很不是滋味。为什么不能靠自己的双手创出一个事业呢？

何幼定开始通过电视广播等所有能听到的媒介来收集信息，当他听到上虞市北菜南移的消息后，认为本村土地充裕、劳动力多，就萌生了包田种地的想法。"以前从未种过蘑菇，但这一带还没人种，如果成功了，效益肯定不错。"这是何幼定选择种蘑菇的初衷。

打定主意后，在 2006 年底，何幼定与妻子忙开了，搭棚、收稻草、集瓶子，第二年 7 月，他们专程从杭州引进 300 瓶蘑菇母种。

可是，栽种并非一帆风顺，搭棚所需的 25 万公斤毛竹、25 万公斤稻草，接种用的一万只盐水瓶，除了毛竹可当地取材外，其他的都得从各地收集过来。

材料的采办费尽周折，拿稻草来说，现在使用机械收割后，稻草很少了，而且种蘑菇的稻草有讲究，必须是新鲜干燥的晚稻草。从各家各户零碎收购，成本也就比较高了。

盐水瓶的收购也如此，盐水瓶都要不分昼夜消毒，辛苦程度可想而知。尽管如此，付出与回报却不成正比，就在一切辛勤准备完毕后，接种却因菌丝出绿花而宣告培养失败。

第一次接种失败，直接损失了 13 万元。何幼定夫妇来到省农科院向专家请教。专家十分惊讶他们创业的魄力和决心。第二次接种，何幼定特意邀请省农科院的两位蘑菇师傅做现场指导，并购置了蘑菇接种瓶。

2007 年 9 月初，接种后，夫妻俩每天像盼着孩子出生一样期待着，天天钻在菇房中查看温度。一天晚上，空调因电压低而无法启动，温度升至 36℃，夫妻俩半夜起来，赶往冰厂买冰，最终让温度降至蘑菇生长的适宜温度。

当第一颗白蘑菇钻出蘑菇床的那一天，何幼定别提有多开心了。种植蘑菇获成功，让他的创业信念有了更大的动力。

在好友金伟兔的陪同下，他们跑遍了周边的批发市场去推销自己的蘑菇，让他没想到的是，比攻克生产技术难题还要难的就是市场销售。

从竞争对手的敌视到逐步认可，从客户的忽略到重视，在市场上遇到的所有问题都在一份执著的坚持下一一化解，凭着一份不服输的执著，他们把自己的产品销到了绍兴、宁波和杭州。

2008 年 2 月，他了解到不少村民外出打工，不少农田可能会抛荒。于是他向本村包了 87 亩田，再搭一个蘑菇大棚。除了种蘑菇，他还筹划着种西瓜、搞大棚蔬菜，并与海通公司签订包销合同，由公司提供种子、技术辅导，大干一番。

2008 年，何幼定在朋友们的帮助下，不但成了当地有名的"蘑菇大王"，还开办了农家乐餐厅。

事业做大了的何幼定，回顾那段艰辛的创业时光时，也是不胜欷歔，而这一切得来的背后是那份执著的力量。

无土栽培香椿芽致富

2008 年，天津市红油香椿芽种植园的李忠，不仅靠栽培香椿芽买房又买车，走上致富路，还带领成百上千名读者一起发家致富。

李忠的老家在天津农村，从小到大，李忠不甘心像父辈一样，在农村窝上一辈子，他就认准一个理儿：吃尽苦中苦，方为人上人。

20 多岁时，在村里年轻人中，李忠是最肯干、最勤奋的小伙子。

李忠不仅干活是把好手，最关键的是他爱琢磨事，头脑聪明。没事的时候，村里的同龄人都玩扑克、打麻将，他们也找李忠，他都用各种理由拒绝了，并说以后不用再找他。

李忠一有空闲时间，就看看各类书籍，如蔬菜栽植种植技术、养殖技术等科普书籍，从中发现致富商机。十里八村的人都知道，李忠是一个有"正事"的小伙子，人品好还肯干，以后指定有大出息。

10 年前，李忠看到种大棚菜挺赚钱，他就种起了大棚菜。他每天早出晚归，披星戴月，靠自己的勤劳攒了一些积蓄。

随着种植大棚菜的人越来越多，利润也渐渐减少。

大家都一样种植蔬菜，没有什么特色，李忠一直琢磨增添个新品种。

在一次去市场发菜时，他看到一辆面包车拉着很多香椿芽，刚一进市场就被个体商贩、饭店采购员围得水泄不通，一眨眼工夫鲜嫩的香椿芽就被抢购一空。没有买到香椿芽的还当场付了明天要货的订金。

李忠一看香椿芽卖得这样火，心里越想越不是滋味，同样是种菜卖菜，你看人家一出手就赚钱，利润要比种大棚菜强多了。

第二天，李忠起了个大早守在菜市场，就是为了等卖香椿芽的老板。老板来了，李忠把要种香椿芽的想法一说，人家毫不犹豫就拒绝了，生意这么火，谁也不想增加一个竞争对手。

李忠回到家后，左思右想就是不甘心，你越不教我，我越要学！李忠偏劲儿上来了，就是放下现在的生意不做，也要把香椿芽的种植技术学到手！

李忠走南闯北，去了很多蔬菜种植技术公司，没想到乘兴而去，扫兴而归。因为这些地方都是打着各种旗号以搞技术为名，目的是骗钱的个人或公司，李忠赔了好几千元的种菜钱。旅途的奔波劳累，加上学技术赔了钱上点火，回到家李忠就大病一场。

病好后，李忠仍种着大棚菜，但一有时间他就试种香椿芽。树上的香椿芽很好吃，但周期很短，只在春天的一两周时间内能吃到。如果能研发出一年四季都能栽培的香椿芽，一定能受到顾客的欢迎。

于是，李忠就去天津、北京等农业院校请教专家教授。他们在技术上给予李忠很多指导。他还找到天津市几名老农技师，他们有几十年的芽苗菜栽培经验，对香椿芽这一特色蔬菜也有研究。李忠不断吸取这些专家的经验，感觉技术已经很全面了，他就在大棚里开始试种。

一次没出芽，调整；二次没成功，再改进……通过几百次的反复试验，苗盘里终于长出了嫩芽。半个月后，无土栽培出的香椿芽出盘了，李忠做了香椿芽炒鸡蛋、香椿芽炒肉丝，香味浓郁，口感柔嫩，好吃，真好吃！苦尽甘来，李忠喜极而泣，无土栽培香椿芽技术终于研发成功了！

李忠把大棚腾出一半来种植香椿芽，家里空闲的地方也都放上了育苗盘。无土栽培香椿芽不受季节限制，只要掌握了技术，保证水分的供应，控制好空气的湿度和温度，不需要任何激素、农药、营养液，香椿芽无化肥农药残留，是纯绿色无公害蔬菜。

一斤香椿籽可栽培 10 盘左右香椿芽，生长周期为两周左右，不占空间。10 平方米空间多可连续日产 30 盘，按平均每天生产 20 盘计算，一盘成本 2 元左右，市场价十六七元，每盘纯利润 10 多元，每月就可纯赚七八千元。

李忠的香椿芽在市场上批发，也送往一些酒店、饭馆，顾客都说香椿芽品质柔嫩，香味浓郁，口感极佳，并且营养丰富，蛋白质、维生素含量在蔬菜中均名列前茅。老中医们都说，香椿芽有清热解毒、润肠健胃等功效。

李忠每天生产七八百盘香椿芽，还有些供不应求，每盘的利润 10 多元。靠香椿芽的收入他已经买了房子和车。

无土栽培香椿芽技术在全国很快就火了起来，很多小本创业者都找李忠学习技术。自己是一点点走到今天，他非常了解一些创业者的处境。他不仅认真传授技术，还把自己的销售经验倾心传授。

甘肃的陈娟，一直在食品厂打工，受食品淡旺季影响，有时很清闲，但赚得很少，有时又加班加点，起早贪黑，工作出现疏漏，老板还要罚款扣钱。

陈娟不想打工了，但又没办法，孩子就要上学了，丈夫挣得也不多，家里总是入不敷出。找个项目自己干，又没那么多资金。

2008 年 6 月，陈娟通过杂志了解了无土栽培香椿芽技术，香椿芽生长周期 15 天左右，营养丰富，口感柔嫩，味道鲜美，能做多种菜肴。并且无土栽培香椿芽技术并不复杂，掌握技术，栽培半个月就能见效益，正好适合自己。

陈娟征求了家人意见，就辞职来到天津红油香椿芽种植园，找到李忠，学习技术。李忠教得非常认真，在栽培的每一个环节都不断提醒她。

陈娟掌握技术后，带着一袋种子回到家，先每天栽培 10 盘，出芽率非常高。半个月后，香椿芽陆续出盘。

　　陈娟带着整盘的香椿芽出去推广，当地一家大型超市看中了香椿芽，让她大批供货。她把香椿芽做成包装，在超市里销售。一些饭店、宾馆也都成了她的客户。在一些节假日，香椿芽销量大增，最多一天曾销售 100 多盘。半年后，陈娟买了一辆面包车，丈夫也不再给别人打工，开车送货，夫妻俩靠小小香椿芽致富发了家。

　　在 5 年的时间里，李忠带领全国各地的学员，通过香椿芽走上致富路。香椿芽不但在国内大放异彩，并且还跨洋过海，美国一位名叫约翰逊的学员引进技术，让国际友人也品尝到中国的特色蔬菜。

刘成德种植反季节桃

2000 年 12 月的一天，在著名的蔬菜之乡山东寿光市蔬菜批发市场，一辆货运大车卸下了整整一车的南方水果，价格虽然贵得惊人，但很快就被抢购一空。

种了 10 多年大棚蔬菜的刘成德看在眼中，心里却琢磨开了，自家的大棚能不能也利用一下呢。

刘成德说："我是受了大棚菜的启发，大棚菜反季节能有高效益，为什么不能搞大棚桃呢。"

市场上没有反季的桃子，销路肯定不成问题。有了这样的想法，刘成德开始四处打听价格，问来问去，这反季瓜果的价格都要比正常上市的时候翻上 3 倍，这下刘成德鼓足了信心。

刘成德想："我第一个搞大棚桃，肯定赚钱，比蔬菜好，可以赚大钱。"

刘成德暗自庆幸自己想到了前头，连忙跑回家把这想法告诉了老伴，可谁知话还没说完，就遭到了强烈的反对。

刘成德的妻子说出了她的担心："我就是怕这桃一年收一次，要赔了的话，我就一年都没有收入了。这样老老小小的，吃什么呀？"

刘成德撇下了老伴，又和邻居们谈了起来。可谁知道，周围的邻居们同样是反对声一片。

有人说："种菜当年就能卖啊，桃当年卖不了，它不结啊，当年。"

有人说："桃子是在露天种的，哪有在大棚里种的。"

这种桃毕竟和种蔬菜不一样，刘成德种了 10 多年的菜，可以说是个行家，可种桃却是个十足的门外汉。眼看着谁都不认同自己的想法，孤立无援反而一下子激起了他的倔脾气，更何况自己早就在市场摸过了底。

刘成德说："我已经断定了，肯定能赚大钱。我必须搞大棚桃，主意已定。"

妻子看到刘成德是非干不行，也没办法挡住他，就跟他说："你干你的桃，我干我的菜，看看你赔了的话，怎么办！"

老伴的话深深刺激了刘成德，他就不信自己看准的桃子会赔钱。他跑到邻县的市场买回了桃树苗，就开始刨菜地。这下可激怒了老伴，吵来吵去两人分了地，两个大棚一人一个。

可是，刘成德算来算去，自己分的这棚种不了多少桃树，一下狠心，他拿出了所有积蓄又建起了 3 个温棚。

面对树苗，以前只伺候过蔬菜的刘成德，也只能用他的那些种菜的经验，依葫芦画瓢。

两个月过后，2001 年的一月中旬，刘成德 4 个大棚里的树苗还真的长出了嫩枝，开起了桃花，刘成德的心里更是乐开了花，掐手算起了收入账。

刘成德想："五一前后，每斤 5 块以上，这样一亩就可以赚个 3 万以上。"

早熟的桃子 5 月份都能卖个好价钱，何况他这大棚桃 3 月就能上市。

可谁想到，事与愿违，等到 3 月份结果子的时候，刘成德算来算去一亩地总共也就区区几百斤的桃子，这下他傻了眼。

刘成德说："我一搞就是 4 个大棚啊，我想到要捞一笔大款的啊，可是一亩地总共就五六百斤桃，搞这棚子赔了啊。"

辛辛苦苦弄了一年，反而赔得精光，村民们可是着实看了刘成德的一个大笑话。

有人说："我们种菜，他非弄一个种桃，这桃能在大棚里种吗？绝对不可能啊。"

有人说："当时我们都劝他，他不听，像着了魔。就是不听，这大棚能成功吗，不能的啊。"

眼看着老刘栽了跟头，老伴劝他重操旧业，老老实实地种菜，可这老刘怎么也听不进去。

刘成德认为，他曾经访问了 80 多岁的老太太和老头，认为是技术问题，只要能解决，大棚的桃也能挂满。

眼见着刘成德是吃了秤砣铁了心，老伴毫无办法，心想还是由他去吧，至少还有一个棚的蔬菜，能勉强维持全家一年的开支，不过，老伴这回可是将钱守得更紧了。

赔得精光的刘成德一心认为是技术问题，非要改建大棚。可从家里又再也别想弄到一分钱，于是向村子里的邻居借钱。可是，因他种桃子赔，谁也不愿意把钱借给他让他赔。

　　刘成德曾经串了 8 个门，200 元也借不到，大家都不敢借，都知道他赔了。那是他最痛心的时候，他知道借钱的滋味，相当难受。

　　钱没借来，还饱受了痛苦的滋味。刘成德背着老伴跑到了镇里的银行，押上了房子和大棚，办起了贷款，心想来一个瞒天过海。

　　这纸里包不住火，3 个月后，老伴发现了每到月底家里都会有人定期来送信，刘成德也总是神秘兮兮地跑出去接。老伴翻起了刘成德的衣兜，发现银行贷款的催账单，这下子，刘成德贷款的事情被戳了个底朝天。老伴气得足足半个月没搭理他。

　　12 万的贷款，光利息每个月就要五六百，一下子给本来只能勉强维持生活的家里又增加了很大的负担。

　　刘成德更是整天待在棚里，眼巴巴地望着自家的桃树，想它能多结出点果实。

　　可是，这桃树就是不争气，第二年的 3 月，树上的果子还是寥寥无几。可大棚外一棵无人看管的桃树上却挂满了红彤彤的桃子。

　　刘成德对着这棵桃树琢磨来琢磨去，猛然想起了去年一辆车在倒车的时候，不小心撞倒的正是眼前这棵结满果实的桃树。

这歪倒的果树怎么会结满了果实呢，刘成德折下树枝翻来覆去地看却始终找不到原因。

他又跑回棚里比较，每天看着太阳从东边升起，又从西边落下。老刘猛然发现了树叶阴影的变化，一下子明白了其中的道理。

刘成德分析它的原因：一个是顶端优势的丧失，第二个是采光好。

刘成德受到启发后，花了整整一天的时间，将自家的几百棵桃树，全都放倒压弯了枝头，这一古怪的举动，立马就在村里炸开了锅。

有人说："你种就种吧，但你为什么要把桃树弄倒了啊，人家好好顺着长都不成功，你这不是自找麻烦？"

有人说："你种就好好种，把树弄歪了，这不是找赔吗？"

刘成德所做的这一切，成了大家茶余饭后的笑料。嘲笑讥讽让刘成德下定决心，一定要拿出响当当的事实让他们看看。

2004年临近春节，大棚里开满了桃花，刘成德掰着指头粗粗一算，这亩产怎么说也要有万把斤，照5块钱一斤的桃价，4个棚怎么也有10多万的收入。

可是，这赚大钱的美梦还没做上几天，刘成德的心就一下子从天上掉到了地下。这桃花和小桃子本来长得好好的，不知怎的，突然纷纷落了地。

刘成德不知道是怎么落的花，也不知道是怎么落的果。心像着火，睡不着，心疼。小果落了好几大棚啊，都是钱啊。

这可急坏了刘成德一家人，赶紧四处打听，搜集到几十本桃树种植的书籍。

可翻来翻去，就是没有大棚种桃的技术。就在老刘为此烦心的时候，银行的催款单又下来了，捧着要债的单子，看着落了花的桃树，刘成德第一次哭了。

刘成德说："没有钱的滋味、失败的滋味是难以忍受的。这让我一想起来就会痛哭。"

历经了4年的失败，刘成德还是不死心，在书本上查不到答案，他又跑到农业局打听。在办公室他见到了副局长袁玉文。

寿光农业局副局长袁玉文说："大棚的水分比较大，所以，落花主要是湿度问题，要解决，就要解决它的湿度，那就行了。"

袁局长的话提醒了刘成德，压倒树枝后，桃花离地的距离一下近了许多。地上潮气遇热蒸发，这花粉自然变成了花泥。即使授了粉的桃子，也因授粉不良落了地。

有了答案，刘成德赶忙买来了地膜铺满了大棚。果然，2005年桃花再也没有落地。

就在这一年的3月，老刘的桃子成熟了，冬季上市的鲜桃在寿光蔬菜展会上大放异彩。名声在外，老刘的反季桃成了热销产品，北京和上海都供不应求。

刘成德一年赚了 20 万。这事一传十十传百，刘成德成了村里的传奇人物，那些以往笑话他的村民，也纷纷跑来找他，都准备买苗回家大赚一把。

　　刘成德的桃子畅销，树苗更成了紧俏货。因此，刘成德又专门做起了桃树苗的生意。如今这些歪着脖的桃树，已经在 10 多个省市落地生根。

　　而刘成德呢，又开始琢磨起了新东西，准备弄出个一年两季的桃子。

本书主要参考资料

《中国菜篮子工程》中华人民共和国农业部编 中国
　　农业出版社

《当代北京菜篮子史话》杨铭华 焦碧兰 孟庆如著
　　当代中国出版社

《上海菜篮子》石鸿熙著 中国农业科技出版社

《广州菜篮子变迁》广州市政府办公厅编 广州出
　　版社

《"菜篮子"探索：山东省"菜篮子"征文获奖作品
　　选》山东省"菜篮子"征文办公室编 中国商业
　　出版社

《菜篮子工程发展途径：全国菜篮子工程科技交流会
　　论文集》中国科学技术协会学会工作部编 中国
　　科学技术出版社